鳳凰の愛妾

鹿能リコ

JN267217

BUNKO
イースト・プレス

CONTENTS

illustration 逆月酒乱

鳳凰の愛妾

困った時は、まず笑え。笑うと、リラックスしていい知恵も浮かぶ。過ぎたことには拘《こだわ》るな。とにかく、前を見ろ。そうしたら、人生が倍、楽しくなるぞ。

そう笑顔で話してくれた人は、もういない。

東京都内、高速道路のインターチェンジにほど近いエリアにある、六畳二間の小さなアパート。一階の一番奥の部屋に、小さく読経の声が響く。

小型の仏壇の前に経文を手に座るのは、抜けるような白い肌の中性的な容貌《ようぼう》の青年だ。名を藤岡斎《ふじおかいつき》という。

斎は三十八歳という若さで亡くなった師匠、手嶋陽輔《てじまようすけ》の供養の最中であった。

師匠は除霊や浄霊、妖《あやかし》などに対処するプロの術者集団・手嶋一族の一員であったが、アウトロー的な性癖があり、一族とはつかず離れずの関係でフリーとして活動していた。

家族を交通事故で亡くし、施設で育った斎を、師匠は斎の中学卒業と同時に引き取って、プロの術者として仕込んだのである。

読経を終えた斎が手を合わせ、師匠に向かって心の中で語りかける。

師匠が亡くなって、もう一年です。俺は、未《いま》だにひとりでいることに、馴《な》れません。師匠は、いつも俺に光を見ろと言ってましたね。全力で、人生を楽しめと。

でも、目を閉じるといつも真っ暗で、光がどこにも見えないんです。俺は、寂しい。寂しくて、今にも心がしぼんでしまいそうです。

悲しみに彩られた恨み言を斎が述べていると、黒い獣の気配がした。

黒い獣は小さく啼《な》くと、懸命に斎の背中に体をすり寄せる。

——ごめん、玄狐《げんこ》——

精神が暗い方へと向かいかけた斎が、気を取り直して自身の式神に謝る。

玄狐と呼ばれた黒い狐《きつね》は、黒曜石のように艶《つや》やかな瞳《ひとみ》で斎を見つめ返した。

斎は経本とともに仏壇に置いていた女物の簪《かんざし》を引き出しにしまう。

銀地にエナメルで象嵌《ぞうがん》をほどこした簪は、花の枝に止まる鳥を模した物だ。

師匠が亡くなった最後の仕事で相討ちとなった山怪《さんかい》が所持していた品で、斎はそれが師匠の形見のように思えてならず、こうして大事にしまっているのである。

「お待たせしました、手嶋さん」

隣室でお勤めが終わるのを待っていた仕事仲間の手嶋昭太《しょうた》に斎が声をかける。

「悪かったな。よりにもよって陽輔さんの三回忌の日に仕事を入れてしまって」

「しょうがありませんよ。あちらは、こちらの都合などお構いなしですから」

斎が淡い微笑を浮かべると、手嶋の頬《ほお》がうっすらと染まり、惚《ほう》けたような表情となった。

斎は二十四歳、手嶋は二十七歳。手嶋は知的な顔立ちをしているが、それ以上に温和な印象が強く、見るからに好青年といった雰囲気の人物だ。

その好青年は、三歳年下の斎の前で、このような反応を示すことがよくあった。

ふたりが揃《そろ》ってアパートを出る。手嶋のセダンの助手席に斎が乗り込むと、すぐに車は発進した。カーナビは、目的地までここから二時間かかると表示している。

地名を見た斎は、そっと眉《まゆ》を寄せた。

師匠の三回忌の日に、よりにもよって師匠が亡くなった場所で仕事か……。

目的地の山は、昔からマヨイガや山中なのに竜宮伝説があり、異界と交わる場所として斎の同業者の間で密《ひそ》かに知られている。

人が行方不明になるだけではない。異界から〝モノ〟がやってくる。あるものは半人半獣で、またあるものは異形の獣としか言いようのない何かが。

手嶋一族では、それを中国の古典『山海経《せんがいきょう》』より、山怪と名付けていた。

人が消え山怪が姿を現すポイントは、固定していない。十年単位で山中のいずれかに出現し、そして忽然《こつぜん》と消えてしまう。

結果、山全体を禁足地とし、人の出入りを禁じて久しかった。

「……思ったよりすいている。予定より早く到着しそうだ」

ハンドルを握る手嶋が、残念そうに言った。目的地まで、斎と手嶋は車内にふたりきりだ。渋滞にはまれば、それだけふたりだけの時間が長くなる。

「現地で準備する時間が十分取れますね」

「……そうだな」

斎は手嶋の感情に気づかないふりをする。

師匠を亡くした悲しみを、一年も引きずるのは異常であるかもしれない。しかし、斎はとても恋愛——しかも同性とだ——に興じる気分ではなかった。

無意識に、膝《ひざ》の上に乗っていた玄狐を手で撫《な》でる。

斎には姿も見えるし、触れば感触もある玄狐であるが、稲荷の眷属《けんぞく》であり、霊感のない者には見るどころか気配さえ感じられない存在だ。

玄狐を撫でる斎を手嶋が横目で見る。

「その式神、元は陽輔さんの式神だったんだよな」

「はい。師匠のもとで修行をはじめてすぐに、譲っていただいたものです」

「前よりだいぶ痩《や》せたけど、気は十分に与えているのか？」

「玄狐のエネルギー源は、俺の気です。しかも陽気——嬉《うれ》しいとか楽しいとか——プラスの感情です。なるべく気を与えるようにしてますが、ここ一年はなかなかそんな気分になれなくて。……あまりにも痩せてしまったら、契約を解除して元の社に返すつもりです」

式神というのは、術者が使う自律的に活動する霊的存在の総称だ。魑魅魍魎《ちみもうりょう》や妖怪と呼ばれる存在から、幽霊、神社の眷属や自然霊に至るまで種類も多岐に亙《わた》る。

その霊的な存在と契約を結び、自身の支配下に置くことで式神となる。

契約を結ぶ方法は様々で、家系や血筋で契約を引き継ぐ場合や、霊的存在の方がなんらかの目的や意志を持って契約を望む場合もある。

中でも一番多いのが、霊的存在と力比べをして勝利し、契約を結ぶ方法だ。

玄狐は、師匠が訳あって預かった幼い眷属を、斎に従うよう契約したことで、斎の式神となったという、若干イレギュラーな経緯を経ている。

その時師匠と交わした会話が、斎の脳裏に蘇《よみがえ》った。

『いいか。この黒い狐は、神様の眷属、神使だ。人間界で修行をさせたいという親狐の要望で、俺が預かったんだ。これを、おまえの式神にする。この黒狐は力は強いが、生まれてまだ日が浅く、とても不安定な存在だ。どんな気を吸収するかで、立派な神狐になるか、堕《お》ちて妖狐になるかが決まると言っていい』

いつも冗談ばかり言っている陽気な師匠が、珍しく真面目《まじめ》な顔をしていた。

『……そんな霊狐を、修行をはじめたばかりの俺が預かるんですか？　そんな大変なこと、俺にはとても無理です』

十五歳の斎は、恐る恐る、師匠の横にちんまり座る黒狐を見た。黒狐は今よりも幼い姿で、まろやかな輪郭が愛くるしく、まるでぬいぐるみのようであった。

『そうだ、責任重大だ。だから、斎に預けるんだ。おまえは両親を事故で失い、施設に預けられた。だから、どうしても自分の人生を悲観的に捉《とら》えてしまうと思う。そして、この子狐を育てるために必要な気は陽気だ。おまえは、自分のためだけじゃなく、この子狐のためにも、気持ちを前向きに保つ訓練をするんだ。いいか、気分なんてものは、いくらでも切り替えられる。怒りも悲しみも否定せずに受け入れろ。だが、その感情に耽溺《たんでき》するな。嫌なことがあったら、冗談にして笑い飛ばせ。そういうふうに努力していれば、斎の人生は、きっと充実したすばらしいものになる』

そう言うと、師匠は強引に斎に子狐を抱かせてしまった。

小さくて、柔らかくて、温かいそれは、斎の心に愛《いと》しいという感情を生んだ。

温かな感情を注がれて、子狐は満足そうに目を閉じ、斎に体をすり寄せる。

『かわいい……』

小さな声でつぶやいた時、斎の瞳に、今までになかった生きる力が宿っていた。

子狐に斎は玄狐と名をつけ、それをきっかけに師匠との関係もより良好かつ親密なものへと変わっていった。

そして、師匠と本当の家族のようになったところで、再び、斎は家族を失ったのだ。

沈黙して追憶に耽《ふけ》る斎に、手嶋が声をかける。

「そこまで思い詰めなくても、いいんじゃないか？　陽輔さんが亡くなってつらいのはわかるけど、早く気分を切り替えればいいだけの話だろう」

それが、どうにも難しいから、玄狐は痩せてゆくんですよ。

心の中でひっそりと、斎は手嶋に言い返した。手嶋の言うことなど、とうに斎も自覚している。ただどうしてもそんな気になれないのだ。

そして、同じ内容であっても、あの時の師匠の言葉には斎を前向きにさせる力があったが、今の手嶋の言葉に、その力は欠けていた。

「ねえ、手嶋さん、俺はずっと不思議に思っていることがあるんです。山怪を、どうして殺さなきゃいけないんでしょうか？」

それは、師匠の生前から、斎が心密かに抱いていた疑問だった。

「そりゃあ、化け物だからじゃないかな」

「でも、妖を式神にすることもありますよね？　式神として契約するのは無理でも、弱らせて封じるとか……見つけたらすぐに殺す、以外の対処方法はないのでしょうか？」

「山怪は強い。アレを式神にするのは無理だ。封じるのは殺すより手間がかかるし、準備も要《い》る。なにより、あいつらが頻繁に出はじめたのは、ここ五年の話だ。封印するにも、その方法が確立されていない。あいつらは、とにかく異質だからな。試行錯誤する間に出るこちらの被害も無視できない。山怪は見つけ次第殺す。それが、一族の決定なんだ」

一族の決定と言われると、部外者である斎にはこれ以上口を挟むことはできない。

口を閉ざした斎に、とりなすように手嶋が言葉を続けた。

「斎がそう言いたくなるのも、わかるよ。山怪とやりあって、陽輔さんは亡くなったんだしね。あの時は俺も現場にいたが――人と鳥の混じった化け物だったか――。あれは、完全に正気を失って恨みと憎しみで瘴気《しょうき》の塊になっていた。おまけに、動きも速いし嘴《くちばし》と爪《つめ》の鋭さといったら……。陽輔さんだから、相討ちまで持っていけたんだ。あの人がいなければ、俺も斎も、あの山怪に殺されていただろうな。……あの人は、自分を犠牲にして俺たちを助けてくれた。立派な人だったと思うよ」

手嶋が眉を寄せて険しい表情になった。一年前の出来事を思い出しているのだろう。

そして、ふたりの間に沈黙が降り立つ。

手嶋がホルダーに入れていた缶コーヒーを飲み、思い切った表情で口を開いた。

「斎、おまえ、これからどうするつもりだ？　今後、この仕事を続ける気はあるのか？」

手嶋の問いは、斎にとって耳が痛い問題だった。

霊感が強いから、身内がいないから、師匠と一緒にいたいから、俺は必死になって修行をし、一人前となった。師匠がいない今、俺に術者という仕事に執着はない。

それは、やる気のなさという形で現れ、手嶋さんにも見透かされているのだろう。

かといって、俺はこれ以外のことを、何も知らない。

今から別の仕事に就くとして、どんな仕事が俺に向いているんだろう。俺に何ができるのだろう。俺は、自分が何がしたいのかすら、見失っている。

「……」

斎が黙り込むと、手嶋が言葉を続けた。

「もしよかったら、正式にうちの一族に入らないか？　斎の霊査能力は、ズバ抜けている。だからこうして、陽輔さんが亡くなった後でも仕事を依頼するんだ。フリーで仕事を取るより、組織に入ってやっていく方が、斎の負担も減ると思うしね」

「そうですね……」

うなずきながら斎が車窓から外の景色を眺めた。

いつの間にか日が落ちて、対向車線を走る車のライトが、闇《やみ》に涙のように流れている。

「それで……もし、一族に入る気があるんなら、……俺と、つきあって欲しいんだ」

来た。いつかはそういう誘いが来ると思っていたが、とうとう来てしまった。

照れながら話す手嶋の声を、斎はどこか遠くに聞いていた。

「親父《おやじ》に頼み込んで、斎の待遇がなるべく良くなるよう、口添えするつもりだ」

「手嶋さんのお父様は、手嶋一族の長でしたね」

「あぁ。それで、この間、俺が正式に跡取りに決まった」

「おめでとうございます。……しかし、跡取りになれば、次代に血を繋《つな》ぐ必要があるでしょう？　それなのに、俺を恋人にしてもいいんですか？」

うんとは答えずに、斎は疑問を口に出した。

「もちろん、こどもは作るさ。だけど、俺は斎が欲しいんだ」

あっけらかんとした口調で手嶋が答える。

手嶋さんは、一族の後継者に決まったから、俺を愛人にしようというつもりなのか。いや、そこまでのことは、きっと考えていない。

ただ、俺が欲しいから手に入れたいのだ。それはシンプルな欲望だ。常識はともかく、生物として、男として間違ったものじゃない。

呪術《じゅじゅつ》や霊能は、性エネルギーがベースになるものも多い。そういう環境で過ごしてきた斎は、性欲そのものを、寛容に捉えていた。

手嶋さんの愛人になれば、俺は手嶋一族という後ろ盾を得ることになる。愛人契約としては、決して悪い条件じゃない。

問題は、俺がまともに恋愛したことがないこと、修行に専心していて、セックスどころか未だキスの経験もないということくらいだな。

斎が諦《あきら》めと苦笑のないまぜになった微笑を浮かべる。

好きな人とつきあう前に、愛人稼業か。いや、だからこそ、仕事と割り切って手嶋さんと関係を持てるかもしれないな。

「突然すぎて……。答えは後でいいでしょうか。今は、仕事に集中したいんです」

「いつでもいいよ。こんな時に話した俺が悪かった」

斎が即座に断らなかったことで、手嶋は希望を持ったのか、晴れやかに返した。

そして、手嶋の運転するセダンが目的地に着いた。集合場所には、すでに手嶋一族の者が四人揃っていて、斎たちが最後であった。

「遅くなってすみません。本日はよろしくお願いします」

車から降りると、すぐに斎は四人の仕事仲間に頭を下げた。

「いや、今日は陽輔さんの三回忌だったんだろう？　気にしなくていいさ」

そう答えた一番年かさの男――崇《たかし》――が横目で手嶋を見た。どうやら、ドライブ中に手嶋が斎に告白することは、仲間うちでは周知の事実だったらしい。

どう反応すればいいかわからず、斎が頬を赤らめてうつむいた。

すんなりと伸びたうなじを朱に染めた斎の可憐《かれん》な姿を、手嶋が満足げに見つめる。

「最後の打ち合わせだ。いつもの通り、斎に霊査をしてもらい、山怪の居場所を特定する。その後は結界を張って追い詰め、倒す。結界を張るのは、崇さんと直也《なおや》に頼みます。攻撃は、俺と慎治《しんじ》、春泰《はるやす》さんです」

手嶋の最終確認に、各人が顔を引き締めてうなずいた。

まずは、一番手の斎の出番だ。斎の能力は、霊視と霊査に特化している。その他の能力については、簡単な除霊や浄霊、術具を作ることしか身につかなかった。

『特技があるというのはいいことだ。斎には、自分が伸ばすものがわかっているんだから、その部分を伸ばしていくといい』

放出系――攻撃――の能力に欠けているとわかり、落ち込んだ斎を、こう言って師匠は励まし、目標を与えた。

斎は師匠の期待に応《こた》えるべく努力して、霊査ならば随一と評されるまで、力を伸ばした。

霊査というのは、鏡面のような水面に滴を一滴垂らすと波紋が広がるように、自身の感覚を広げてゆくことだ。

それは、レーダーのような働きで、異物を即座に把握する。山をまるごとひとつくらいならば造作もなく、その気になれば東京都全体を見通すことも可能だった。

斎が目を閉じて霊査を開始した。

神無月《かんなづき》の月が、息を潜めて霊査結果を待つ術者たちを、煌々《こうこう》と照らしている。

ややあって、斎が赤い唇を開いた。

「――見つけました。山の中腹部、前回山怪が出たエリアにいます。対象は前回と同じく鳥の山怪ですね。高速で移動しているので、途中まで俺がナビします」

凜《りん》とした声で斎が言った。黒いコートをひらめかせ、先導する斎の後に男たちが続く。

黙々と足を運ぶうちに、かなり対象に近づいた。

この頃になると、結界を張る役目の祟も山怪の存在を認識し、斎はお役ご免となった。

「……玄狐」

小声で式神を呼ぶと、玄狐が姿を現した。

霊狐といえば白狐と相場が決まっているが、極わずかだが黒狐も存在する。体色が稀《き》少《しょう》なだけではなく、通常の白狐に比べて黒狐の方が潜在的に霊力も強い。

珍しい黒狐に、一行が羨望《せんぼう》のまなざしを注いだ。

「では、俺はここで待機しています。俺の守りは玄狐がしますので、皆さんは心置きなく山怪退治に向かってください」

深々と斎が頭を下げると、手嶋が一行を率いて先に進みはじめた。

ひとりになり、責任を果たした斎は、安堵《あんど》の息を吐く。

もう少し、俺に攻撃する力があればよかったのに。玄狐も潜在能力は高いとはいえ、まだ幼くて、できることも少ない。

とはいえ、その辺を漂う幽霊や力の弱い妖怪を、ひと嚙《か》みで消滅させられる程度の力は持っている。山怪と呼ばれる妖が、桁《けた》外れに強いだけだ。

「玄狐、おまえに守りは任せた。……頼りない主《あるじ》でごめんな」

『いいんだよ。僕は、斎の式神だからね。斎のために働けると、嬉しいんだよ』

神の御使いという存在は、どうしてこんなに優しいのか。愛しいという思いがふわりと生まれ、斎はそれを気の玉にし、玄狐に与えた。

『美味《おい》しいよ』

満足そうに目を細め、玄狐がふかふかのしっぽを振った。

かわいらしい仕草に斎は微笑を浮かべ、手近にあった杉の大木に寄りかかった。そして、目を閉じて、意識を集中して山怪の気配を追う。

どうして、山怪を殺さなくてはいけないのだろう？

確かに、斎が目にした山怪は、いつも攻撃的で危険極まりない存在だった。

だが、故郷から離れてひとりぼっちなら、恐慌をきたしてもしょうがない。見るもの聞くもの、すべてが恐ろしく敵に見えてしまうのも当然のことじゃないのか？

師匠を殺《あや》めた山怪が、憎くないといえば嘘《うそ》になる。だからといって、山怪すべてが憎いのかといえば、また違う。

手嶋一族はおそらく、山怪すべてを憎んでいる。だから、殺す以外の発想がない。

それを少し悲しく思いながら、斎は気配を追い続けた。祟が結界を張ろうとしたが、すんでのところで山怪が逃げたことを察知する。

手嶋一族の術者を避けた結果、山怪は斎のいる方へ飛んでくる。

「玄狐！」

斎が鋭く声をあげた時には、玄狐は戦闘態勢に入っていた。

顔を上げ、斎が周囲の状況をうかがう。緩やかな斜面ではあるが、苔《こけ》むした大石が散在していて、足場が心許《こころもと》ない。

万が一、山怪が俺に飛びかかってきたら、この場所だとよけた拍子に足をすべらせて怪《け》我《が》をしそうだ。ここから少し山を下りたところに、足場の安定した場所があったはずだ。

「別の場所に移動する。玄狐、背後を頼んだよ」

『わかった』

元気よく応じた玄狐に背を向け、斎が急いで山を下りはじめる。

山怪の気配は、まっすぐ斎に向かっていた。手嶋一族の者も後を追ってはいるが、空を飛ぶ山怪と足場の悪い山道を駆ける人とでは、明らかに人の方に分が悪い。

まさか、俺を狙《ねら》っているわけじゃないだろうけど……油断は、禁物だ。

そう自分を戒め、気をつけてはいたが、山怪の気配はどんどん間近に迫る。

目指す場所が見えた時、玄狐が鋭い声をあげ、山怪に向かって襲いかかった。背後で二匹の獣が空中で争う気配を感じながら、斎はひたすら逃げに入る。

こうなっては、手嶋さんたちが来るまで、とにかく時間を稼ぐしかない。

覚悟を決めた斎の眼前に、ゆらりと陽炎《かげろう》が立ち上った。

「っ——！」

この陽炎は、現実のものではない。異界とこの世界が交わる場所の時空の歪《ゆが》みが、霊視により視覚化され、陽炎のように見えるのである。

このまま陽炎に突っ込めば、異界に飛ばされるハメになる。焦って斎が足を止めた時、玄狐の攻撃を躱《かわ》した山怪が、奇声をあげて斎へ襲いかかってきた。

とっさに体を反転させたが、山怪の鋭い爪が斎の右の二の腕を切り裂いた。

一瞬、氷を押し当てられたような寒気が襲ったかと思うと、次の瞬間、傷が熱を持ったように熱くなった。

『斎！』

「おまえはそのまま山怪と戦うんだ。俺は大丈夫だから」

押さえた傷口から血が溢《あふ》れている。

まるで、日本刀で切られたような傷だ……。

鋭い爪に震えながら斎が夜空を見上げる。すると、顔から胸元までは男性でそれ以外は鳥という、まるでギリシア神話のハルピュイアのような化け物が空を舞っていた。

山怪の顔は怒りに歪み、両の目からは血の涙を流していた。体色は、おそらく赤だ。

玄狐が矢のように鋭く山怪に体当たりした。すかさず山怪の爪が玄狐を切り裂き、傷の痛みで動けずにいた斎に向かってくる。

まずい――！

まともに山怪にぶつかった。はね飛ばされた斎の体が、陽炎の上に落下する。

しまった！

逃げようとしたが、無駄だった。引力に似た強い力が働き、斎の体をここではないどこかへと引きずり込もうとしている。

「玄狐、おまえは来てはいけない！　頃合いを見て、俺はここに戻るから」

異界の入り口は、同時に出口でもある。異界に渡った後、すぐにこちらに戻ればいい。

いや、山怪が倒されるまで異界でやり過ごせば、かえって好都合だ。

そうなると、手嶋たちが来るまで——結界を張るまで——山怪を足止めするのが、玄狐の仕事だった。

玄狐は斎の考えを阿吽《あうん》の呼吸で理解し、山怪を引きつけるような動きをした。

そして、斎を強い目眩《めまい》が襲う。

目を閉じた斎が、次に目を開いた時、眼前に陽光の輝く草原が広がっていた。

緑地に特有の爽《さわ》やかな風が頬を撫で、すがすがしいほどの青空に白い雲が浮かんでいる。

草原の遙《はる》か向こうには、映画やドラマで見たような中華風の王宮が見えた。

「ここが、異界——？」

牧歌的で美しくさえある風景に、斎は呆然《ぼうぜん》とその場に立ち尽くす。

そういえば、あの山には竜宮伝説があった。きっと、この地に迷い込んだ人間の話が元になっているのだろう。

斎が異界との出入り口に、目印として仕事道具の独鈷杵《とっこしょ》を突き立てた。

異界との境界は、ここでは、元の世界に比べてわかりづらい場所にある。肉眼では視認できない。霊視をすればわかるだろうが、今の斎は傷の痛みで集中できない。

「なんとか助かったみたいだ。とりあえず止血をするか……」

そうひとりごちた時、斎の脇《わき》を掠《かす》めるように矢が飛んできた。

息を呑《の》んだ斎の前に、天部の仏像が身につけているような甲冑《かっちゅう》を纏《まと》った兵士が六人、立ちはだかったのであった。


斎は兵たちにあっけなく捕らえられてしまった。

走って逃げたが、見晴らしのいい草原で、六人の兵士を相手に追いかけっこをして斎に分はない。すぐに捕まり、後ろ手に縛られ、罪人のように体に縄を打たれた。

それから、大八車に荷物のように転がされ、兵の監視の下、草原から巨大な外壁で囲まれた都市に移動し、さらに宮殿に連行された。

山怪のような妖怪ばかりが住む世界かと思っていたが、斎を捕らえた兵士らはどう見ても人間であったし、都の大路を歩く人々も普通の人間に見えた。

宮殿は朱塗りの屋根で、中に入ると柱には流麗な彫刻の上から金箔《きんぱく》をほどこしており、扉には螺鈿《らでん》細工の意匠まであった。

床材は紫檀《したん》でよく磨かれて独特の艶を放っていた。それだけではなく、回廊の隅に置かれた香炉からは、上質な伽羅《きゃら》の甘美な芳香が漂っていた。

贅《ぜい》を尽くした宮殿を、斎は目を丸くして見つめるばかりだ。

言葉は通じない。しかし斎が異界人とわかるのか、兵士は身振りで指示を出す。

いくつもの門を越え、あまたの通路を通り抜け、兵士は斎を貴人の控え室のような場所に連れていき、縛《いまし》めを解き放った。

自由になった斎だが、兵士らは未だこの場に留《とど》まっているので、逃げられない。

しばらくは、おとなしくしているか。そう覚悟を決めた斎に老人が近づいてきた。

老人は柔和な笑顔を浮かべながら斎の傷に薬を塗り、包帯を巻くと、最後に大粒の丸薬を水の入った陶製の器とともに差し出した。

治療してもらえたのはありがたいけれど、これを飲むのはさすがに……。

得体の知れない丸薬に斎が警戒心を抱くが、老人は笑顔で薬を薦めてくる。その様子に害意は微塵《みじん》も感じられず、斎は腹をくくって丸薬を飲み込んだ。

斎が丸薬を嚥下《えんか》したのを確認し、老人が口を開いた。

「儂《わし》の言葉が、わかるか？」

「！　…………はい」

今まで意味をなさなかった音の羅列が、頭の中できちんと意味をなしている。

薬の効果に驚く斎に老人が語りかける。

「そなたも急にこの世界に来て驚いていると思うが、落ち着いて儂の話を聞くがよい。儂の名は、鐘玄甫《しょうげんぽ》。道士だ。そなたの名は？」

「藤岡斎です」

「斎よ、そなたはこれから王に拝謁する。王は覇気こそ盛んで恐ろしげに感じるやもしれんが、仁慈に厚いお方。そなたが王の下問に正直に答えれば、悪いようにはなさらぬ」

突然、これから王に拝謁しろと言われ、斎は驚きに絶句する。

「王の御前に参るには、身を清めそれなりの服装に改める必要があるが、王が大至急とおっしゃるので、このまま謁見する。……ついてくるがよい」

柔和ではあるが鐘は押しが強く、ぐいぐいと自分のペースで事物を進めてゆく。

治療もしてくれたし、言葉もわかるようにしてくれた。この世界の住人に異界人に対する害意はないようだ。そして、鐘さんは自分を道士と言った。さっき飲んだ丸薬の効果……もしかして、俺は本当に竜宮城に来たのかもしれない。

もちろん斎は、ここが字義通りに竜宮城だと思っているわけではない。竜宮城のように異邦人を歓待し、鯛《たい》や平目が舞い踊るような不思議が当たり前の世界と判断したのだ。

鐘に伴われて向かったのは、中央に玉座が置かれた、小さいが贅を尽くした部屋だった。現代日本でいえば、総理大臣が閣僚と会議をする際に使う会議室といったところか。

「そなたはここに跪《ひざまず》くのだ。王がいる間は、決して、頭を上げてはいかん」

鐘の忠告に斎は素直に従うつもりだった。これだけの威勢を誇る国の王に対して無礼を働けば、その場で斬《き》り殺されても文句は言えない。

「平伏しなくてもいいんですか?」

多少の諧謔《かいぎゃく》を込めて斎が尋ねると、鐘は『怪我人にそこまでは求めんよ』と大真面目に返してきた。

この時点で、斎はかなり悠長に構えていた。

たとえ異界といえども、おとなしく王の質問に答えさえすれば、無罪放免で晴れて元の世界に戻れる。そう信じきっていたのだ。

斎が床に膝をつき頭《こうべ》を垂れると同時に、奥の扉が開いて圧倒的な覇気が入ってきた。

な……っ。これは、いったい!?

どんな能力者からも感じたことのない、強烈な気だった。これを一個人が放っているなど、到底信じられない。

おそらく、この気の持ち主が、王だ。

目に見えない、しかし肌に感じる気に気圧《けお》されながらも、斎は厳しさと激しさ、そして仁愛の入り混じった気を、心地良く感じていた。

「これが、妃の消えた異界との境界からやってきた異界人か」

「名は、藤岡斎と申すそうです」

王は身分の低い者とは直接会話をしない。傍《そば》にいる臣下に向けて言葉を発し、臣下が『王は~と仰せである』というふうに下問される対象に伝えるのである。

「では、斎。直答を許す。面を上げよ」

豊かに響く声が告げると、斎の周囲がざわめきで満たされた。

さて……どうしたものかな。王はこう言っているけれど、正直に顔を上げたら、この場で兵士に斬り殺されてしまいそうだ。

斎は、この世界が——王がいるくらいなのだから——階級社会であることを直観で悟っていた。下手を打てば殺される。そう判断して、斎は頭を垂れたまま沈黙を守った。

「王よ、そうはいってもこの者は無位無冠、おまけに異界人ですぞ。本来ならば王が直々に謁見なさるような身分の者ではないのです」

慌てて鐘が王をたしなめた。ナイスアシスト、と斎が内心でつぶやく。

「わかった。では、斎を俺の待従に任命する。これならば問題はないな」

「王よ……酔狂もほどほどになさってください」

「俺の酔狂は、おまえも承知しているはずだ。構わぬ、斎、頭を上げろ」

王はこう言っているけれど、さて、どうしたものかな。

斎が逡巡《しゅんじゅん》するうちに、王の気が苛立《いらだ》ったように揺らぎ、そして近づく気配がした。

「顔を上げろと言っている」

圧倒的な支配者の声がしたかと思うと、うつむく斎の視界に、錦地に極彩色の刺繍《ししゅう》がほどこされた沓《くつ》が入ってきた。そして斎の顎《あご》に王の手が伸び、強引に顔を上向かせられる。

「……っ」

「………」

切れ上がったまなじりの鋭い瞳と正面で目が合い、斎が慌てて目を逸《そ》らした。

猛禽類《もうきんるい》を思わせるまなざしは、あまりにも力に溢れている。

とてつもない気の大きさに、斎の呼吸が苦しくなる。強すぎるエネルギーを前にした時、人はそれに流されるか、呑み込まれるか、拒絶反応を起こすしかない。

この時、斎は王の気に呑み込まれていた。さながら、蛇に丸呑みされた獲物の如《ごと》く。

「その顔では、待従より妾《めかけ》の方が良さそうだ」

驚く暇《いとま》も与えられず、斎の体がふわりと宙に浮いた。王が、まるで荷物でも担ぐように、

「ちょっ……何をするんですか!?」

斎を肩に乗せたのだ。

あまりにも失礼な発言と突飛な行動に、さすがに斎が抗議した。しかし、包帯の上から傷口を強く摑まれ、生じた痛みに斎の動きが止まった。

「抵抗しなければ、無体な真似はしない」

慈悲深い声であったが、同時に、従わなければ容赦しないという脅しも含まれていた。

「俺はこれから斎に伽を命じる。そなたら、邪魔をしたら、ただでは済まさんぞ」

燃え上がる炎のような気を放ちながら、王が部屋に居並ぶ臣下を睨みつける。

斎は、痛みに体を縮こまらせながら、身の置きどころのない怒りに震えていた。

こんなところに来てまでも、俺は男の愛人にならなきゃいけないのか？

自虐の乾いた笑いすら出なかった。今、ここに斎を前向きにさせる玄狐はいない。

怒りに身を任せる障害は、何もない。

斎が王と謁見した部屋を出ると回廊から敷地を出た。いくつかの門を越え、建物に入り、いかにも女が好みそうな調度品で飾られた部屋に入った。

すかさず後宮の衛兵が扉を閉め、斎は王と密室にふたりきりとなった。

王は、斎を物のように寝台──紗の覆いがかかる天蓋付きの大きなベッドだ──に、降ろすと、すかさず斎に乗りかかってきた。

「そう興奮するな。俺はおまえから話を聞きたいだけだ」

改めて間近で見ると、王の表情は凜々《りり》しく、しかも造形的にもかなり整っていた。切れ長の目、すんなりと伸びた鼻。少し肉厚の唇は形よく、絵に描いたような美男子だ。

「――俺には、あんたに話すことは何もない」

王の気圧に負けそうになりながらも、斎は丹田に力を込め、王の眉間《みけん》を睨み返した。

まなざしを使った攻撃に、王がおやという顔をする。

「……俺の名は晁鳳璋《ちょうほうしょう》。鳳璋と呼べ。それはいいとして、おまえ、奇妙な技を使うな。おまえに睨まれたら、額に弾《はじ》けるような感覚があった」

「俺は、術者。こちらの世界でいうなら、道士のような存在だ」

「それは珍しい。ますます興味が湧《わ》いてきた。なぜ、仙道のはしくれともあろう者が、異界へ続く穴へ飛び込んだ？」

「妖怪退治の最中、へまをしただけだ」

斎の言葉に鳳璋が負傷した右腕に目を向けた。斎は、治療のためコートを脱がされ、服の右袖も肩から切られている。

むき出しになった腕には、鳳璋のせいで血が滲《にじ》んだ包帯が巻かれていた。

「なるほど、妖怪退治とは、いかにも仙道にふさわしい行いだ。では、おまえが妖怪退治をしていた場所で、三年前、美しい女が現れたという噂《うわさ》を聞かなかったか?」

「美しい女――?」

斎がおうむ返すと、鳳璋の放つ気が大きくなった。

一度鳳璋に摑まれたことで、腕の傷はずくずくと嫌な痛みを放っていた。痛みが、斎から冷静さを失わせ、言わずもがなのことを言ってしまう。

「そんな女、知らない。知っていても、おまえに話す気はない」

「貴様、誰《だれ》に向かってそのような口を利いている」

「怒ったのか? だったら、俺を殺せばいい。どのみち、元の世界に帰っても肉親も家族もいないんだ。俺が死んでも、悲しむ人間は誰もいない。さっさと殺せ!」

激情のままに斎が本音混じりの啖呵《たんか》を切ると、鳳璋が忌々しげな目で睨んできた。

鳳璋は無言で右手を上げ、もったいぶった仕草で指を鳴らした。

次の瞬間、斎の服が、刃物で切り裂かれたようにバラバラになった。

シャツも、カットソーも、ジーンズも。その下の下着さえもが、五センチから十センチの端布となり、一瞬で斎は一糸纏わぬ全裸となった。

何が起ったかわからず呆然とする斎に、鳳璋が尊大に言い放つ。

「……おまえには、躾《しつけ》が必要だ。俺に従い、二度と生意気な口を利けぬようにしてやる」

鳳璋の手が斎の肩に置かれた。素肌で感じる鳳璋の手は、信じられないほど熱かった。

「やめろ。……何をする気だ」

「先ほど言ったはずだ。おまえを俺の妾にすると。天涯孤独の身であれば、残る人生を俺に奉仕するために使うがいい」

傲慢《ごうまん》どころではない。絶対者そのものの発言に、斎は二の句が告げなかった。

馬鹿な――。いや、この男には、それができるだけの権力が、ある。

怒りに身を任せて放言したことを斎が後悔する。

そして、再び鳳璋が指を鳴らした。

するりと鳳璋の帯が解け、絹の衣服が前後に開き、逞《たくま》しい胸元が露《あら》わとなった。

分厚い衣装に隠されていた肉体は、武道で鍛えられた者のそれだった。逞しい胸板を見て斎は固唾《かたず》を呑み、自分がこのまま鳳璋に犯される未来を確信した。

腕を怪我していて、腕力で敵《かな》うわけがなく、その上相手は奇妙な力を使うのだ。

これで、俺のどこに勝ち目があるというんだ⁉

絶望的な状況が、斎から抵抗する気力を奪った。

「やめろ。…………………お願いだから、やめてください」

「もう遅い。おまえは、俺を本気で怒らせた」

冷酷に言い放つと、鳳璋が無造作に斎の肉体をまさぐりはじめた。

中性的な容貌に比例するように、斎の肉体もまた男としては細く薄く、白く肌理《きめ》の細かい肌をしている。

鳳璋は煩《わずら》わしげに衣服の残骸《ざんがい》を脇に払うと、奥歯を鳴らす斎の唇に、唇を重ねてきた。

「――んっ！」

斎が固く目を閉じると、甘さの中にスパイシーさを含んだ芳香が鼻を掠めた。

鳳璋の髪に塗られた香油の匂《にお》いであると気づいた時には、斎の唇は男によって蹂躙《じゅうりん》されていた。

舐《な》められ、柔らかく嚙まれ、そして肉厚の唇に挟まれる。男にされていると思っただけで、嫌悪感が湧いてしょうがない。

しかしそれでも絶妙な力加減で与えられる刺激に、いつしか斎の肌がうっすらと朱に染まりはじめた。

「や……嫌だ………」

鳳璋が口づけを終わらせた時、唾液《だえき》で濡《ぬ》れた唇は、淫《みだ》らな赤に染まっていた。

「嫌か。だが、おまえが嫌がれば嫌がるほど、俺の気も晴れるというものだ」

涼しげな顔でうそぶくと、鳳璋がくっきりと浮き出た斎の鎖骨を吸い上げた。

鎖骨の次は、首のつけ根を。それから脇にほど近い柔らかい皮膚を唇で辿《たど》りながら、股《こ》間《かん》を隠すように置かれた斎の右手首を摑んだ。

手の甲に大きな手が重なる。鳳璋は斎の手ごと陰茎を握り、長い指で茎の側面を撫でた。

「あっ。……そこ、はっ」

「感じているな。さっきより随分としおらしい声になっている。斎よ、自分が罵《ば》倒《とう》した男に、こうして性器をいじられるのは、どんな気持ちだ？」

「本当に、嫌なんです。お願いですからやめてください」

答える斎の体が、少しずつ息づきはじめた。

嫌なのに……怖いのに……でも、気持ちいいなんて。

性器を愛撫《あいぶ》されて素直に反応する自分の体が、疎ましい。

そんな斎の複雑なありようにすら興奮するのか、鳳璋の逞しい肉体から放たれる情欲の気は、いっそう濃度を増していた。

そう。怒りの気は、いつの間にか性欲に変転していた。これまで幾度か——手嶋から——感じたことのある気であったが、鳳璋のそれは、桁違いに強い。

ねっとりして……熱くて……頭の芯《しん》から、痺《しび》れてしまう。

わずかに残った理性を総動員し、斎は気の鎧《よろい》で体を覆う。しかし、鳳璋に乳首を摘《つま》まれただけで、紙のようにあっさりとガードは破られてしまった。

「ん……んっ」

生まれて初めて乳首に与えられた愛撫に、斎の背がしなる。

「先ほど嫌と言ったのは嘘だったのだな。おまえの体は、こうされて悦《よろこ》んでいるぞ」

「そんなこと、ない……っ」

抵抗の言葉を口にしたものの、斎の股間は正直で、乳首をいじられる快感に歓喜して、鳳璋の手の中で熱を増していた。

「そうか。そんなことはない、か……。ならば、もう少し刺激を与えるとしよう」

嬉しげにひとりごちると、鳳璋が斎の胸元に顔を寄せた。たっぷりと唾液で濡れた舌を、胸の尖《とが》りに──触れるか触れないかという絶妙の力加減で──押しつけた。

「あぁっ」

指よりも舌の感触の方が、斎の官能を刺激した。淡い色の乳輪は、男に舐められて快感を覚え、肌が粟立《あわだ》つ。唇から甘い声が漏れ、斎は慌てて右手で口元を覆った。

股間から右手を離したことで、むき出しとなった性器に鳳璋が直接触れてきた。

膨らみかけた陰茎をゆるく握られただけで、そこに血液が集まる。

自慰では決して得られない快感が、波となって斎を襲った。

「ふ……っ、んっ、んんっ」

乳首と股間の同時責めに、鳳璋の下で斎が体を悶《もだ》えさせる。

まずい。こんな……こんなに気持ちいいなんて……。

初めての経験でここまで感じることが、斎は信じられなかった。

驚き、とまどう斎の耳に、鳳璋の揶揄《やゆ》する声が響いた。

「ちょっと触っただけで、もうこんなに大きくなったぞ。そろそろ正直に認めないか？

俺にこうされるのが、気持ちいいと」

「誰が……っ！」

快楽で潤みはじめた瞳で斎が鳳璋を睨みつける。

「そんな色っぽい目で睨んでも、怖くもなんともない。覚えておけ、閨房《けいぼう》で男をそんな目
で見ても、嗜虐《しぎゃく》心をそそられるだけだとな」

「え……？」

思ってもみない答えに、斎が首を傾《かし》げる。すると、鳳璋が余裕たっぷりに笑った。

「わからないか。つまり、俺は、おまえを泣きわめくまでよがらせて、めちゃくちゃにし
たくなったということだ」

「…………っ！」

自分がそんな痴態を晒《さら》すと想像しただけで、斎の全身が熱くなった。頬が真っ赤に染まり、白いうなじに朱が散る。

「そんなふうに恥じらう姿も、男を煽《あお》るものだ。覚えておけ」

口元を手で押さえ羞恥《しゅうち》に震える斎にそう言い放つと、鳳璋が乳首を吸い上げた。

俺が、何をしても、こいつを興奮させるだけだなんて……。

悔しさに、せめて感じまいとするが、耐えれば耐えるほど愛撫に強く反応してしまう。

胸の粒を舌先で転がすように舐められ、茎と亀頭《きとう》の継ぎ目を指先で撫でられると、とうとう甘い声が唇から漏れた。

「や……あぁ……っ」

「いい声で啼くじゃないか。では、これならどうだ?」

鳳璋の指が陰茎から離れ、股間をすべり、その奥に潜んだ襞《ひだ》へ至る。すぼまりの上で指先が円を描くと、得体の知れないざわめきが体の奥に生じた。

これは……俺のここに、アレを挿《い》れるつもりなのか!?

先ほど、一瞬だけ見た鳳璋のソレは、巨大な雄そのものだった。そこが勃起《ぼっき》したらどうなるか、考えただけで斎は恐怖した。

「無理……。無理だ、そんなの……」

強引に突っ込まれ、そこが引き裂かれる痛みを思うだけで、体から熱が引いてゆく。鳳璋は薄い胸から顔を上げると、愉快そうに青ざめた斎を一瞥《いちべつ》した。

「入る。いや、挿れてやる。楽しみに待つがいい」

「楽しみになんて、できるわけないだろう!?」

悲鳴のような声で答え、斎が身を守るように体を丸める。斎の怯《おび》える姿を、鳳璋は嬉しげに見下ろすばかりだ。

「安心しろ。俺は、痛みでおまえを泣かせたいわけじゃない。おまえが快感に乱れ、よがり、我を忘れて歓喜に涙を滂沱《ぼうだ》する姿を見たいだけだ」

それは、男にとって痛みに涙するより屈辱的な行為だ。斎の心を折り、矜持《きょうじ》を失わせ、完全に鳳璋の支配下に置かれるということだった。

そして、そうなることを、斎は心のどこかで確信していた。鳳璋から逃れる手段が、どう考えても思いつかないからだ。

心を使い、気を練り、技を使う術者にとって、それは敗北を意味する。普段から心で負けない訓練をしていただけに、強く負けを意識してしまうと、覆すのは難しい。

鳳璋はゆったりした動作で腕を伸ばし、寝台脇の袖机の引き出しから小さな陶器の壺《つぼ》を出した。サイズや形状からして軟膏《なんこう》の類《たぐい》が入っているようだ。

鳳璋は蓋《ふた》を開けると中身を指で掬《すく》い、これみよがしに斎の鼻先に突きつけた。

漢方薬に特有のツンとした臭《にお》いに、斎が眉間に皺《しわ》を寄せる。

「……ほら」

「何を塗った」

鳳璋が斎の唇に軟膏を塗りつける。軟膏は赤い唇の上でゆるゆると溶けていった。

「安心しろ。口に入れても害はない」

平然と鳳璋が答えるが、それは答えになっていない。鳳璋はおもむろに斎の右足首を摑んで軽々と持ち上げると、自分の肩に乗せてしまった。

「あっ！」

股間が大きく開き、秘部が鳳璋の視線に晒される。その瞬間、勃起した斎の先端から蜜《みつ》が溢れた。

「見られて興奮するのか。……好き者だな」

「違うっ！」

鳳璋の言葉による嬲《なぶ》りに、真っ赤になって斎が言い返す。鳳璋は鼻で笑うと、今度は軟膏を秘所へ塗り込みはじめた。

その頃になると、斎は軟膏がどういう効果を及ぼすのか理解しはじめていた。唇が、熱い。じんわりと火照《ほて》り、口寂しさに落ち着かなくなる。

「ん……」

舌で唇を舐め、歯で下唇を噛むと、少しだけ物足りなさが治まった。顎を引き下唇を噛む斎を見て、鳳璋がくぐもった笑声をあげた。

「口を吸ってほしくなったか」

「え？」

気がつけば、鳳璋の整った顔が眼前に迫っていた。鳳璋の唇が、斎のそれに重なった。

「……んあぁっ」

上唇を舌でなぞられて、斎の全身の肌が粟立つ。

やっと欲しかったものを与えられた。斎の体はそんなふうに感じていた。

欲望に引きずられて、顎から力が抜ける。緩んだ唇の隙間《すきま》から、鳳璋が舌を差し込み、じっとりと白い歯をなぞりはじめた。

鳳璋は口づけしながら、斎の股間に手を差し入れた。たっぷりと軟膏を塗られたすぼまりは、鳳璋の長い指をあっけなく受け入れる。

「んっ……ん？」

口づけを受け入れていた斎だが、さすがに後孔に違和感を感じた。

皮膚よりも粘膜の方が浸透も早いのか、すぐに内側から体が火照りはじめる。

熱い。あそこが内側から熱くて……むず痒《がゆ》い。

「や……っ。あんた、何を俺にした……っ」

「おまえがつらくないように、潤滑油を塗ったのだ。閨房での楽しみを増やす効能付きのな」

熱い息を吐きながら斎が尋ねると、鳳璋が皮肉っぽい笑顔で答えた。

要は、催淫剤や興奮剤が入っているんだな。そう思った瞬間、斎の口が動いていた。

「卑怯《ひきょう》者」

「親切心からしたまでだ。潤滑油もなしに俺を挿れたら、おまえが壊れるぞ」

長い指が中で蠢《うごめ》き粘膜をかき回し、指先が前立腺を掠める。

波紋のように体内に快楽が広がった。それは、斎の股間に血液を集め、陰茎をより高みに導いてゆく。

「俺をよがらせるのに、薬を使うのか？　自分が情けないとは……んっ、思わないのか？」

内壁をいじられるたび、腰が跳ねるほど感じながら、斎が鳳璋に憎まれ口を叩《たた》く。

「俺は、目的を遂行するのに手段は選ばない。綺麗《きれい》事だけで、国は治められないからな」

鳳璋は平然とうそぶくと、秘所から指を抜き、軟膏を斎の雄の部分に塗りはじめた。

勃起した斎の性器に、軟膏が溶けて染み込んでゆく。

「だ、駄目だ。そこは……」

「後ろだけではなく、ここでも感じさせてやるのだ。王の慈悲を素直に受け取るがいい」

「できるわけ、ないだろう。…………あ、あぁ……んっ」

媚薬《びやく》を塗る指の動きにすら、斎は強く感じていた。

後孔と肉棒が、同時に脈打ち、斎は快楽により内側から壊れてゆくのがわかった。

「イヤだ、やめてくれ。こんな、こんな……」

わめく間にも斎の熱は高まる一方だった。

白い肌を紅潮させて涙混じりに訴える様は、よがっているようにしか見えない。

「おまえのここは、すっかり勃起しているぞ。これで嫌だと言っても説得力がまったくない。悦べ。これからおまえは、より深い快感をその身で味わえるのだ」

満足げな微笑を浮かべながら、鳳璋が斎の体をうつぶせにした。いつの間にか鳳璋の男根はそそり立ち、天を衝《つ》くまでに育っている。

凶器のような切っ先が、とろけた後孔に添えられた。

充血した亀頭が、ゆっくりとほぐれた蕾《つぼみ》に沈んでゆく。

「うあ……っ。あ、あぁ……っ」

異物によって窄《すぼ》まりが開く。皮膚がひきつれるほど広がったが、今の斎はそれにすら感じていた。

肉棒が粘膜を侵し、鳳璋の体が前のめりになると、欲望に満ちた気が背中から斎の全身を覆っていった。

その気が囁《ささや》く。もう、抵抗するなと。感覚にすべてを明け渡し、身も心も男に犯される快感に溺《おぼ》れてしまえ、と。

「師匠、助けて……っ」

斎が苦しげに助けを求めるのと、楔《くさび》が最奥まで入るのは、ほぼ同時だった。

内臓で男根を包み込んだ瞬間、斎の中で何かが弾けた。

怒濤《どとう》のように鳳璋の気が斎の深奥に流れ込み、それは奔流となって斎の肉体と精神の両方を犯し、快感に染め上げたのだ。

「あ、やぁっ。ん、ん……っ」

性器が脈打ち、触れられてもいないのに、斎は精を放っていた。

青臭い液を吐き出すたびに、無意識に尻《しり》に力が入り、鳳璋の茎を締めつける。

「これは……すごい。中がうねっている。なかなかの名器だな」

下卑た鳳璋の囁きも、もう、斎の耳には入っていない。後孔で感じる男根が、斎のすべてだった。

気持ちいい。すごく気持ちいい。こんな快感がこの世にあったなんて。

今や、斎の全身が性感帯と同義となった。

快感を覚えれば覚えるほど、斎は様々なものを手放していた。良識や常識も消え去り、そして思考と判断力も砕け散る。

今や感じるだけの存在となった斎の陰茎を、鳳璋が包むように右手を添えた。

もう片方の手指を胸元にやり、ゆっくりと腰を遣いはじめる。

「あっ。あぁ……っ」

肉襞が擦《こす》られる。陰茎も鳳璋が律動するたびに裏筋を刺激される。尖った乳首は鳳璋の手指とぶつかるたびに甘い疼《うず》きを生んだ。

「どうだ。気持ちいいと素直に認める気になったか？」

挿入することで鳳璋の陰茎にも軟膏の成分が染み込んでいるのか、斎の中で肉棒は一回りは大きくなっていた。

鋼のような男根に、柔らかな肉はうねりながらまとわりついている。

「いい。いい。……あぁ……」

囁きに答えた瞬間、斎のまなじりから涙が溢れていた。

肌が汗ばみ、鳳璋の肌にぴたりと吸いつく。それすらも快感に変わり、斎の指が夜具を摑み、嫌々をするように左右に首を振った。

羞恥を忘れ、身を捩《よじ》り、声をあげる斎の痴態に、鳳璋の抜き差しが激しさを増した。

肉に埋《うず》もれた性感帯をたて続けに擦られて、肉襞がわななく。頭のてっぺんから足の指先まで欲望に支配された斎は、あられもなく甘い声をあげた。

「やぁっ。ん。……あぁ、あ、ああ……っ」

「随分といい声で啼くようになったではないか」

「あ、んっ、んん……っ」

満足げな鳳璋の声に返事もせずに、斎は、性に溺れていた。

「イヤ、あっ。……あっ、あぁ……」

鳳璋の腰使いは、速さを増し、肉が擦れて火傷《やけど》しそうなほどに熱かった。

肉と肉のぶつかる淫靡《いんび》な音が絶え間なく響き、斎と鳳璋の荒い息が彩りを添える。

「俺も、そろそろ限界だな……。さあ、王の情けを、その身に受けるがいい」

鳳璋は性器と胸元から手を放すと、しっかりと斎の腰を抱えた。そして、己の腰を突き出しながら、斎の体を強く引いた。

「あっ……っ！」

奥の奥まで貫かれ、斎の背中がのけぞる。

次の瞬間、斎は体に熱を感じた。

「くっ。……ん、んん……っ」

低い声でうなりながら、鳳璋が達していた。白濁が勢いよく吐き出され、斎の粘膜を汚してゆく。それが内壁に当たるたび、斎の体も小さく跳ねる。

熱い……のに、温かい。この温《ぬく》もりは、俺のずっと欲しかったものだ……。

こんなふうに誰かの温もりが欲しかった。全身を温かく包まれたかったんだ。

斎の目から涙が溢れ、そしてなまめかしく息を吐く。

「…………ふぅ」

鳳璋は射精を終えると、すぐに斎から楔を抜いた。肉が擦れる感覚の後、斎のそこが空虚となって、言いようのない寂しさが込み上げる。

「どうだ、気持ちよかっただろう？」

「駄目……」

「なんだと？」

すっかり斎を屈服させたと思っていたのか、否定の言葉に鳳璋がまなじりを吊《つ》り上げた。

斎は物憂げな仕草で体を反転させると、そのまま鳳璋に抱きついて首に両腕を絡めた。

「抜かないで。俺の中に、また挿れて」

斎が半泣きの表情で訴える。

「……どういう風の吹き回しだ？」

とまどった顔の鳳璋が斎の細腰に腕を回して、しなやかな肉体を引き寄せる。

「寂しかった。……もう寂しいのは、イヤ」

つたなく訴える斎の内股《うちまた》を、ねっとりと欲望の残滓《ざんし》が伝ってゆく。

欲望という熱に浮かされて、斎は固く閉ざしていた心の扉を開けて、思いをそのまま口にしていた。

斎は一度たりとも師匠へ性的な欲望を抱いたことはない。

しかし、酔いつぶれた師匠を介抱するのは文句を言いつつも楽しかったし、師匠に褒められる時、髪をくしゃくしゃにされるのは、照れ臭いながらも嬉しかった。

師匠が死に、斎はただひとりコミュニケーションをとれる相手を失った。

この一年、斎は人に触れることなく過ごしてきたが、だからこそ、無意識かつ強烈に、それを欲していた。

人の温もりに飢えていた斎に、鳳璋は強引に踏み込む形とはいえ、それを与えた。斎がそれに執着し、もっと欲しいとこどものようにねだるのは、必然だった。

「また、して……。あなたの熱で俺を温めて」

甘えた声で求めながら、斎が汗に濡れた額を逞しい肩に擦りつける。

「……わかった」

ほんのわずかだが、鳳璋の声音が柔らかくなった。斎の後頭部に手を添えながら寝台にあおむけに横たえると、ぽっかりと口を開けた秘部に先端を添えた。

「こういう顛末《てんまつ》になるとはな……」

斎を泣いてよがらせることに成功したものの、その結末は予想と違っていた。そんな鳳璋の口ぶりだった。

鳳璋の肉棒は挿入に足る硬度を備えており、男を咥《くわ》えることを望んだ斎のそこは、たやすくソレを受け入れた。

「あぁ……。あぁ。……いい……」

自分の内側に他人を受け入れるのは、なんて気持ちいいんだ。

無意識に斎は腕を上げ、熱源を——鳳璋の体を——しっかりと抱き締める。

鳳璋の気が柔らかくなって、斎の心はいっそう満たされた。

「俺も大層気持ちがいい。これならば、いくらでも情を注げそうだ」

斎の耳元で甘い声が囁いた。鳳璋は半ばまで茎を入れると、奥までいっきに斎を貫いた。

「んっ」

衝撃に声をあげながらも、斎は悦びにこどものように無垢《むく》に微笑《ほほえ》んでいた。

性の快楽以上に温もりに歓喜する斎に、鳳璋が熱いまなざしを注ぐ。

「約束しよう、斎。おまえが俺の手元にいる限り、俺はおまえに温もりを与えると」

微笑みながら肉棒を締めつける斎に、鳳璋が甘く囁いていた。


翌日、斎が目覚めた時、鳳璋の姿は寝室から消えていた。

金箔で覆われ、支柱に花と小鳥が戯れる彫刻のほどこされた天蓋を目にして、斎がひとりごちる。

「そうだ。俺は異界に来て……、王に無理やり犯されたんだ」

斎には、鳳璋に挿入されたあたりまでしか記憶がない。それゆえに斎には鳳璋に対する悪印象しか残っていなかった。

身を起こそうと腹に力を込めると、腰に鈍い痛みが走った。おまけに、股の間に強烈な違和感まである。

「どうして、こんなことになったんだ……」

情けなさに斎がつぶやくと、寝室の扉が開き、昨日傷の手当てをしてくれた鐘と三十代半ばと思《おぼ》しき年頃のふくよかな女官が姿を現した。

「どれ、傷の手当てをしに来たぞ」

寝台を覆う紗の布越しに、鐘の柔和な笑顔が見えた。

「……よろしくお願いします」

鐘にいきどおりをぶつけても、なんの得にもならない。

ここは、アウェーで俺は異邦人だ。少なくともこの老人に害意も敵意もない。俺は、なんとか元の世界に帰るまで、この老人の厚意にすがるしかないんだ……。

それは、両親を亡くした時に、さんざん味わった心境だった。

「昨晩は、王にかなり責められたようじゃな」

吸い痕《あと》がいくつも散った斎の胸元を見て、鐘が苦笑する。その表情は、孫のやんちゃを口では咎《とが》めつつも、完全に許している祖父のそれと同じだった。

「そのようです。妙な薬を使われたせいで、記憶が途中からなくなってしまって……。昨日のことは、ほとんど覚えていません」

「そうか、そうか」

鐘はにこにこしてうなずくと、半ば以上ほどけた包帯を取った。清潔な布で傷口を清めた後、軟膏を塗り、再び包帯を巻く。

治療が終わると、女官が寝台にやってきて、斎の体を清めようとする。

「ちょっ！　やめてください!!」

女性に裸体を――しかもさんざん男に玩弄《がんろう》された痕の残る――見られる恥ずかしさに、顔を真っ赤にして斎が訴える。

「体は自分で拭《ふ》きますから、道具だけ置いて出ていってください!!」

「それでは、私はいったん退出いたします。斎様が身を清められましたら、着付のお手伝いをいたしますので、そちらの呼び鈴を鳴らしてくださいな」

女官はにっこりと微笑むと、治療を終えた鐘とともに寝室から出ていった。

ようやくひとりになった斎は、長々と息を吐き、湯で満たされた盥《たらい》に手ぬぐいを浸した。

まずは肩や腕を拭き、そして胴体を拭《ぬぐ》ったが、股間や太股《ふともも》を見て斎が絶句する。

そこには、明らかに精液とわかる筋が、幾本も痕を残していたからだ。

「いったい何回、俺は犯《や》られたんだ……？」

男の体に欲情するなんて、鳳璋という男も変わっていると思いながら、黙々と斎は体を清めることに専念した。

最後に後孔を拭った時、奇妙な疼きが股間を襲うが、それにはあえて目をつぶる。

体を清め終えた斎は、手ぬぐいを盥に突っ込み、呼び鈴を鳴らした。

純金製の鈴が軽やかな音をたてると、すぐに扉が開き、先ほどの女官とともに、今度は当然という顔した鳳璋までもがやってきた。

「――っ!」

とっさに斎が上掛けに手を伸ばし、絹の寝具で体を隠した。

「ど、どうしてあなたがここにいるんですかっ!?」

「後宮に王がいて、何が悪い」

鳳璋は手近な椅子《いす》を引き寄せと、どっかりと腰を下ろした。鳳璋が動くたびに、冠を飾る玉石がぶつかって、チリチリと涼やかな音をたてる。

鳳璋が寝台に来ないことに斎が胸を撫で下ろしていると、衣装を抱えた女官が帳《とばり》の内に入ってきて、下着の身につけ方を教えてくれた。

紗の帳の陰で斎が下着を身につけると、女官は大きな白い絹の一枚布をくるくると器用に斎の体に巻きつけ、形を整え、その上から袍服《ほうぶく》という長衣を着せられた。

鳳璋の衣服と同じ型なので男物なのだろうが、地が淡い黄色で花や蝶《ちょう》の舞い散る意匠がほどこされた布地は、女物の反物を男物に仕立てたようにしか見えない。

「鳳璋様、斎様のお支度が調いました」

鮮やかな手つきで斎の着付を終えた女官が、朗らかな声で主に報告する。

「ご苦労だった。おまえはもう、下がるがよい」

鷹揚《おうよう》な鳳璋の答えに、女官は軽く一礼し、寝室から去っていった。

そうなると、斎と鳳璋がふたりきりで部屋に残される。鳳璋は大股《おおまた》で寝台にやってくると、覆いを持ち上げ、寝台に腰かけた斎を見て「ほう」と声をあげた。

「なかなか似合っている」

「どうも」

「そう嫌な顔をするな。ところで、昨晩の記憶がなくなっているそうだな」

「それが何か？」

鳳璋は昨晩とは打って変わって、さっぱりとした顔をしていた。

俺を犯してすっきりした……というなら、許せないな。

昨晩、鳳璋の温もりを自ら求めたことを忘れた斎が、そう心の中でつぶやいた。

「いいや。……おまえに謝らねばならないな。昨晩は無体を働いてすまなかった」

謝るというには偉そうな口調で言うと、鳳璋は斎の隣に腰かけた。

鳳璋の体から、ふんわりと芳香が漂ってきて、斎は落ち着かなくなる。

強引に犯されて嫌悪感しか湧かないはずなのに……。この人が近くに来ても、嫌じゃないなんて。どうしてなんだ？

疑問が斎の頭を掠めたが、答えが出る前に鳳璋が口を開いた。

「まず最初に、おまえにこの国について説明しよう。この世界は夏華《かか》といい、この国は夏華南方に位置する朱豊国《しゅほう》という。王都は紅栄《こうえい》、王宮の名は赫央宮《かくおうきゅう》だ」

「……」

「俺が王というのは知っているな。そして、俺にはひとり妃《きさき》がいる。……いや、いたというべきかな。後宮から妃が忽然と姿を消して、三年となる」

「姿を、消した……？」

鳳璋の不穏な言葉に、斎が軽く眉を寄せた。

王の妃ともなれば、後宮で多数の人間にかしずかれているはずだ。それが、突然行方不明になるなど、もっともありえない話だったからだ。

「そうだ。日中、忽然と消えたのだ。……当然、王宮内はくまなく捜索した。それでも妃は見つからない。その後、国中を探して妃が身につけていた冠が見つかった。その場所は、おまえが現れた異界との境のほど近くであったのだ」

「つまり、お妃様は、こちらの——俺が元いた——世界に行った、と……？」

「その可能性が高い。だから俺は昨日、おまえに女を知らないか、と聞いたのだ」

鳳璋は愛する妻の行方を心から案じる夫の顔をしていた。そんな鳳璋を見ているうちに、斎の心にじわじわと罪悪感が込み上げてくる。

「そんな事情があったとは知らず、昨日はその……すみませんでした」

「構わん。俺も、早く手がかりが欲しくて、焦っていたからな」

会話を重ねるにつれ、斎は鳳璋がそう悪い人ではないように感じはじめていた。

俺だって、もし師匠が行方不明になったら……そして、行方を知っているかもしれない人間が目の前に現れたら、きっと焦って強引にでも話を聞こうとするだろう。

かといって、俺に妾になれと言うのは、いくらなんでも暴言が過ぎるけれど。

そう思いつつも、斎は妻を案ずる鳳璋に、正直に事実を告げることにした。

「すみません。本当に何も知らないんです。異界との境界には、山怪――とても強い妖怪です――が、現れた時に呼ばれるだけで、普段は別の場所に住んでいるものですから」

「……そうか」

「ただ、あの山には常に見張りがいて、異変があったらすぐにわかるようになっているんです。もし、明らかに異界人とわかる服装をした綺麗な女性が現れたのなら、俺も噂話くらいは耳にするはず。しかし、そんな噂を聞いたことはありません。……だから、たぶん、お妃様はまだこちらの世界にいる可能性が高いと思います」

斎の言葉に、鳳璋の顔色が明るくなった。

「そうか。……そうだな。ありがとう、斎」

晴天の青空のような爽やかな笑顔で鳳璋が礼を言う。生来の顔立ちの良さもあり、その笑顔は非常に魅力的で、斎はつい鳳璋に見とれてしまった。

「事情はわかりましたが、どうして俺を妾にするなどと言ったのですか？　そんなことさえ言われなければ、俺は、すぐに正直に答えたのに」

慌てて鳳璋から顔を背け、斎が尋ねる。

「面倒なやりとりをする時間が惜しかったのと、おまえが、都合のいい存在だったからだ」

「都合のいい存在？」

「そうだ。……俺の妃、緋燕《ひえん》は、下級官吏の娘で、後宮で下働きをしていた女だ。俺が惚《ほ》れて、くどいてくどいて、ようやく結ばれた。後宮に宮を与え、ほどなく妊娠し双子の王子を産んだ。……俺は、緋燕以外の女を娶《めと》るつもりはないと明言していたから、次代の王母となった緋燕になんとか妃の位を与えることができた。それまでは、ただの愛妾《あいしょう》だ。王子も産んでいない下働き出の女など、この後宮では塵《ちり》のように儚《はかな》い存在だからな」

淡々と説明する鳳璋だが、そこに至る経緯には、山のように反発や抵抗があっただろうと、斎にも簡単に想像できた。

「お妃様のことを、とても愛していらっしゃるのですね」

「あぁ、そうだ。俺が愛する女は、生涯、緋燕だけだ」

しんみりした口調で言った鳳璋だが、次の瞬間、眉間に皺を寄せ、険しい表情となった。

「それを……。重臣どもは、緋燕が死んだものとして扱い、これ幸いと自分の娘や他国の王女を妻にしろと迫ってくる。……後宮には序列があり、一番位の高い妻が后《きさき》で定員は一人、次が妃で定員が三人、最後が嬪《ひん》で定員が六人という決まりがある。つまり、俺は最大で十人、妻を持てることになっているのだ」

煩わしそうに後宮の制度を説明する鳳璋に、斎は同情混じりのまなざしを向けた。

この人は、最愛かつ唯一の妻を一番高い地位につけることができなかった。……それは、この王様にとっては、とてもつらいことだったのだろう。

斎は鳳璋に――大事な人を失ったという共通項もあり――共感を覚えはじめていた。

かといって、昨晩されたことまで許したわけではない。

「いい加減、うんざりしていたところに現れたのが、おまえだ」

「俺……？」

「そうだ。俺がおまえを妾にすれば、しばらくは重臣どもは指を咥えて見ているしかない。俺は、一度にひとりしか愛せないことは、奴らも承知しているからな」

鳳璋が名案だろうという顔をするが、斎にはとても同意できない説明だ。

「だったら、適当な女性を選んで妾にすればいいじゃないですか」

「駄目だ。それは、緋燕に対する裏切りになる。それに、女を妾にすると、子が生まれる可能性がある。俺は、緋燕の産んだ王子のどちらかに、この国を譲りたいのだ。少なくともおまえが相手なら、妊娠の心配だけはないからな」

「……だから、男の俺に妾になれなんて無茶を言ったのですか……」

あまりにもくだらない理由に、斎ががっくりと肩を落とした。

「でしたら、誰か適当な臣下に手をつければいいだけじゃないですか？　あなたはこの国の王なんだ。何も、異世界から来た俺を相手に選ばなくても、喜んであなたの相手をする人間がいくらでもいるはずです」

「この国の人間では、重臣の誰かに買収される可能性がある。そうでなくとも、親戚《しんせき》連中が山のようにやってきて、昇進や領地、官位をねだるかもしれない。今、妃の件をのぞいて、王宮は……まあまあ上手くいっている。俺は、今の状態を壊したくない」

「つまりあなたは、無用な波風を立てない存在というだけの理由で、俺を妾にすると決めたのですね……。気持ちはわかりますが、いくらなんでも横暴だし暴挙すぎます」

「理由はまだある。おまえは異界人だ。寵愛《ちょうあい》しても俺の酔狂で済む。そしてこれが最大の理由だが、おまえはここに身よりも知人もない。邪魔になれば、後腐れなく処分できる」

王者らしく酷薄な顔で鳳璋が言い放つ。

……この人は、本気だ。俺が不都合な存在となれば、簡単に俺を殺すだろう。

昨晩かいま見た不思議な力。そして、王としての権力。その片方だけでも斎の手に余るのに、鳳璋はふたつともを手にしている。

おもねるか、つっぱねるか。ふたつの選択肢の狭間《はざま》で揺れながらも、斎はどちらとも違う方法を選んだ。

表情が消え、能面のような表情で、冷たく斎が鳳璋に問う。

「それは、いつでも俺を殺せるという脅迫ですか？　命と引き替えに俺にあなたの慰み者になれと、そう言いたいのですね？」

「おまえが妾になるのを拒否するならば、殺す。だが慰み者にする気はない。そもそも、最初から俺は、おまえを抱くつもりはなかったのだ」

「……はぁ？　だったら、なんで、俺にあんなことしたんですか！」

まなじりを吊り上げて、斎が隣に座る鳳璋を睨みつけた。

青白い怒りの炎を瞳に宿らせた斎を、鳳璋は平然と見返した。

「ただ、妾として宮と身分を与え、毎晩俺と同じ寝台で寝てくれれば、他に何も求めるつもりはなかった。……昨晩のアレは、おまえが俺の説明を頭から聞こうとせず、反抗するから、つい引っ込みがつかなくなっただけだ」

「あの状況で、冷静に話を聞けるわけないでしょう!?」

怒りのあまり斎が腰を浮かせた。その瞬間、腰に鈍痛が襲い、痛みに前屈《まえかが》みになる。

「大丈夫か？　あまり無理をするものではない。もっと自分の体を労《いたわ》ることだ」

「誰のせいだと思っているんですか！」

「自業自得だろう？」

「っ……!!」

噛み合わない会話と、あくまでも斎が悪いと決めつける鳳璋に、斎が絶句する。

じゃあ、あの時、俺がもう少し冷静に話を聞いていたら、裸に剝《む》かれてキスされたり全身を触られたり、変な薬を使われてこの男に犯されることもなかった……のか……？

己の短慮を後悔したが、もう遅かった。斎は昨晩、確かに鳳璋に受け入れた。少なくとも、熱くて硬い肉棒を肛門に納めた記憶は鮮明だった。

首をうなだれ、脱力した斎の肩に、鳳璋が腕を回した。

「そんなに落ち込むな。しばらくの間、この茶番につきあってくれれば、相応の礼をする。金でも宝石でも、望むままに与えよう」

「……俺を、元の世界に帰してくれますか？」

弱々しい声で斎が尋ねると、鳳璋がしっかとうなずいた。

「いずれ、頃合いを見て。二、三年はかかるかもしれんが五年を超えることはない」

斎は長すぎると感じたが、今はそれで良しとする他ない。

「本当に、二度と俺に手を出しませんか？」

「おまえがそう望むなら」

応じる鳳璋の声は、わずかに落胆の色彩を帯びていた。

鳳璋の気が少し弱まり、斎はそっと息を吐いた。

この人の気は、強すぎる。本人に自覚がなくても、俺は、否応なしにその渦に巻き込まれ、心身ともに影響を受けてしまう。

「わかりました。あなたの提案を受けます。……他に選択肢もないですし」

渋々とだが、斎は鳳璋の妾となることを了承した。

こうなると、斎が気にかかるのは元の世界に置き去りにした、玄狐のことであった。

斎が意識を玄狐に向けるが、界の断絶が邪魔をして、意識が繋がらない。

玄狐はどうしているだろう。俺がいないと気の供給が……。ただでさえ玄狐には気が足りていないというのに。

いや、さすがに消える前に、元の社に帰るか、別の人間と契約を結ぶだろう。

斎は、玄狐との契約に専属事項をつけていなかった。ともにある限り、ともに闘い、協力し、斎は玄狐に気を分ける。ただそれだけの契約だった。

ともにあることが不可能となれば、契約は解除される。つまり、玄狐は生き伸びる。

それに安堵しつつも、斎は無性に玄狐を撫でたくてしょうがなかった。

霊体でのみ触れられる柔らかな毛並みが、今、ここにないことが、とても寂しい。

師匠に続いて、俺はまた大切な家族を失ってしまった。俺は……本当にひとりぼっちになってしまったんだな。

「玄狐……」

哀切に満ちた声で斎がつぶやく。そんな斎を鳳璋は黙って見ていたのであった。

このような経緯を経て、斎は後宮で生活することになった。

与えられた部屋はそのままだが、寝室のある建物がまるまる斎のための住居と知り、その豪勢さに息を呑んだ。

寝室の他に、衣装部屋、居間、浴室、書斎に食堂。斎付きの女官の部屋まであった。建物の名を景仁宮《けいじんぐう》といい、無位無冠の妾である斎が、宮をまるごと与えられるのは破格の扱いであると、斎付きの女官となったふくよかな女性――春鶯《しゅんおう》――から教えられた。

「王がどなたかと閨《ねや》をともにするのは三年ぶりです。斎様がいらしてくれて、本当によかった」

斎の夕食の給仕をしながら、春鶯が嬉しそうに言った。

「……俺は、男で、おまけに異世界の人間です。嫌悪感はないのですか？」

「そうですねぇ。……殿方を閨の相手に、というのは驚きましたが、鳳璋様の酔狂はいつものことですし。緋燕様がいなくなってから、鳳璋様はいつも通りにしていられましたが、やはりどこか覇気がなく、私も夫も心配していたのです。それが、昨日から鳳璋様は以前のように生き生きとなさって……。それはやはり斎様のお陰でしょうねぇ」

いかにも人の良さそうな春鶯に言われると、斎は「はぁ」と答える以外ない。

気を取り直して、食事に戻る。斎ひとりのために、テーブルには、溢れんばかりに皿が並んでいた。

羊と鶏と豚に牛、それに魚。それらは揚げたり炒《いた》めたり蒸したりと調理法も様々だ。

揃いの白地の皿には金と赤の模様が入り、野菜で作った鳳凰《ほうおう》や龍《りゅう》、花、小鳥などの彫刻が彩りを添えていた。

それに、こってりとした羹《スープ》、鱠《なます》、漢方薬と思しき素材が煮込まれた粥《かゆ》に、芸術的に配置されたカットフルーツと甘い匂いを放つ揚げ菓子と冷菓まであった。

ひとりで中華料理のフルコースを食べてる気分だな……。

試しに彩りとして添えられたキュウリに似た食材に箸《はし》を伸ばして口に入れると、味も食感も斎が知っているキュウリとほぼ同じだった。

「食べ物は、元いた世界と変わらないですね。とても美味しいです」

先が銀の象牙《ぞうげ》の長い箸を手に、斎が感想を言うと、春鶯が嬉しそうに微笑んだ。

「それはよかった。斎様は、食べ物に好き嫌いはありますか?」

「特に何も。食事に文句を言えるような環境でもありませんでしたし」

「そんなことを言ってるから、おまえの抱き心地が悪いんだ」

張りのある豊かな声に、斎の手が止まった。昼間に比べれば、簡素な――おそらく夜着であろう――衣の上に袍衣を羽織った鳳璋が食堂の入り口に立っていた。

「鳳璋様、お食事は?」

春鶯がテーブルの前に椅子を持ってきて、鳳璋が腰を下ろした。

「小鳳《しょうほう》と小璋《しょうしょう》と済ませてきた。後はもう寝るだけだ」

そう言いながらも、鳳璋は菓子の皿に手を伸ばし、揚げ菓子を摘んでいる。

「小鳳に小璋？」

「俺のふたりの息子だよ。鳳聖《ほうせい》に璋鵠《しょうこく》というのが、正式な名だ」

いぶかしげな顔をした斎に、鳳璋が答える。

「でしたら、王子様たちと一緒に寝ればいいでしょう。どうしてここに来たのですか？」

「馬鹿かおまえは。王子にはちゃんと傅《ふ》も乳母もいる。それに、王は夜になったら妻妾とともに過ごすと相場が決まっているだろうが」

「……こちらの習慣には不慣れなもので」

馬鹿と言われてむっとしたものの、涼しげな顔で斎が返す。

「そうだった。今のは俺の失言だ。許せよ」

さらりと謝られて、斎は面食らった。春鶯の煎《い》れた茶を飲む鳳璋を、斎はとまどいながら見つめてしまう。

その鳳璋は、春鶯を相手に暢気《のんき》に茶飲み話をはじめていた。その間に斎が食事を終え、食休みを経て春鶯に風呂《ふろ》に入るよう促された。

「俺も一緒に入るかな」

にやにや笑いの鳳璋の言葉に、斎の顔が真っ赤になる。

「お断りします！」

「冗談だ。この格好を見てわからんか。入浴ならもう済ませている」

「……」

生真面目な斎が、顔を引きつらせながら拳《こぶし》を握った。

こういう時、冗談に冗談で返す諧謔や遊び心は斎にはない。

「先に閨で待っている。王を待たせるなよ」

「ゆっくり風呂に入らせていただきます！」

なんとか小さい嫌味で返すと、鳳璋が大笑いした。テーブルに肘《ひじ》をつき、色っぽい流し目を斎に送る。

「あまり遅いと、裸で迎えに行くぞ」

ささやかな抵抗は、それ以上の嫌がらせで返されてしまった。

舌戦に負けた斎は、がっくりと肩を落として浴室へ移動する。

「斎様のお体を洗うのに、下女をお呼びになりますか？」

脱衣所と思しきスペースで服を脱ぐのに手間取っていた斎に、春鶯が声をかける。

「いいえ、ひとりで入れます！」

「でも、お怪我をなさってますし、背中を洗うのは別の者に任せた方がよいのでは？」

「それでも、結構です!!　どうせ手伝いを頼むなら、男の人にお願いします！」

「ご冗談を。後宮に入れる殿方は、王と医師、そして護衛の者だけですわ。護衛の者も建物に足を踏み入れることは許されてはおりません。男の下働きなどを入れて、間違いがあってはいけませんもの」

「……そうですか」

そういえば、ここは後宮だった。言ってしまえば大奥なんだ。男子禁制が基本か。

カルチャーショックに落胆しつつ、春鶯に服を脱ぐのを手伝ってもらった。下着だけはなんとか自分で脱ぎ、裸になった斎は浴室に足を踏み入れた。

景仁宮の浴室は、すべらかな白い玉石を組み合わせた浴槽に、大理石の床、そして白い玉石の浮き彫りに色石がはめ込まれた壁と、豪華なものであった。

湯船には、入浴剤であろうか、漢方薬の匂いのする黄色っぽい湯が張られている。

入浴に使用すると思しき道具は揃っていたが、斎には何に使うかさっぱりわからない物ばかりだ。

「ナイロンタオルなんて……ここにはないか。それに、シャンプーやリンス、石鹸《せっけん》も期待しない方がいいな……」

これだけは何かわかった絹の長い布を手に斎がぼやいた。絹の長布を湯に浸し、それで体を拭ってゆく。

浴槽を出て、絹の長布で体の水滴を拭うと、これまた白絹の夜着を身につけた。

夜着はネグリジェとガウンの間のようなデザインで、女装している気分になったが、先ほど似たデザインの服を鳳璋が着ていたので、気にしないことにした。

寝室に戻ると、前言通り、寝台に鳳璋が横たわっていた。燭台《しょくだい》の灯《あか》りで和綴《わと》じに似た形状の冊子を読んでいる。

「……戻ったか。思ったより早かったな」

「急がないと、あなたが浴室まで押しかけてきそうでしたので」

「冗談を真に受けたのか」

平然とうそぶく鳳璋に、斎はむかっ腹が立った。しかし、悪びれない表情の鳳璋を見ていると、逆らうだけ無駄という気分になってしまう。

「何を読まれているのですか？」

寝台の上に乗ると、鳳璋から少し離れた場所に腰を下ろした。寝台が、四畳半を超える大きさだったからできることだ。

「地方から上がってきた報告書だ。今年の作物の実り具合や徴税額、今後必要な土木工事などについて書かれている」

報告書に目を落としたまま、鳳璋が答えた。真剣な横顔に、少しだけ斎は鳳璋を見直す。

「寝る直前まで仕事とは……大変ですね」

「王というのは、そういうものだ。憐《あわ》れに思うなら、労ってくれ」

「何をすればいいのですか?」

「そうだな、この報告書を読み終わったら、おまえの話を聞きたい」

答えながら鳳璋が紙片をめくる。報告書は、残り数枚というところだった。

「では、それまでは静かに待っていましょう」

斎が夜具を膝にかけた。夜具の中身はおそらく羽毛で、それを絹で覆っているようだ。

ここにも、羽毛布団はあるんだな……。

これだけ薄いということは、今は初夏か初秋くらいなのだろうか?　いや、今年の作物の実り具合の報告書が提出されたのだから、いっそ初冬なのか?

そういえば、この国は夏華でも南方に位置しているといった。日本でいえば沖縄あたりの気候なのだろうか?

斎がそんなことを考えはじめたのは、この国で過ごすと決めたからに他ならない。

意に染まぬ場所に、奇縁を介して来たものの、すぐに帰ると思っている間は気候などに思いを馳《は》せる余裕も理由もない。

「……さて、終わった。斎、俺の無聊《ぶりょう》を慰めるがいい」

冊子を寝台脇の袖机に置くと、鳳璋が尊大な口調で言った。

「では、王の要望に応えて、話をすることにいたしましょう」

鳳璋は体を反転させ、当然というふうに斎の太股に頭を乗せた。

「な、何をするんですか？」

「俺は、おまえに二度と手を出さないとは言ったが、二度と触らないとは言っていない」

確かに、そう言われれば、そうだ。

してやられたという気分の斎に、鳳璋がこどものように得意げな顔を向ける。

「さあ、俺におまえがどういう人生を過ごしてきたのか聞かせてくれ」

「王には、退屈な話だと思いますよ」

「退屈などしないさ。俺は、斎に興味がある」

まっすぐな瞳を向けられると、斎も悪い気はしなかった。鳳璋の凛々しく整った顔を見下ろしながら、口を開く。

「俺は普通の……王の基準ですと庶民の家に生まれました。両親と兄がふたりいて、俺は末っ子でした。母親は父子家庭で、父親は両親が揃っていましたが、母方の祖父が亡くなって、父方の祖父母と俺たち一家が葬儀に向かう途中、高速道路で居眠り運転のトラックが突っ込んできて……俺以外の全員が、亡くなりました。トラックというのは、荷物や人を運ぶ自動で動く荷車で、馬何百頭分もの力があります」

自動車やトラックという概念がこの人に伝わるかどうか……。

斎が膝に頭を乗せた鳳璋に視線を注いだ。いつの間にか鳳璋はまぶたを閉じていたが、視線を感じたのか、目を開けて斎を見た。

「眠っていないぞ。ちゃんとおまえの話を聞いている。続きを話せ」

「トラックの意味、わかりましたか？」

「わからん。開門用の攻城器を馬に引かせたような物を想像していた」

今度は、斎にわからない単語が出てきたが、字面からハンマーをつけた台車を想像した。

「完全にわからなくとも、大筋は理解できる。それで、その後どうなった？」

「俺には、かなりの大金が遺産として残されて、父方の叔父《おじ》に引き取られました。けれども、すぐに理由をつけて追い出されました。当時の俺は七歳だったので、よくわからなかったのですけど、その頃、俺名義の財産を全部叔父名義に書き換え終えたんだそうです。

……要は、財産を丸ごと横取りされたんですね」

「酷《ひど》い話だな」

「よくある話です。不景気でしたし、叔父は気が弱く、叔母《おば》は強欲でしたから、こういう結果になるのは、目に見えていました」

感情の消えたガラスのような瞳で、淡々と斎が答える。

「そのまま、孤児や理由があって親がこどもを育てられない子を集めた施設に行くと、俺と同じような身の上の子が、結構いました。中には、親に虐待されたり捨てられた子もいて、俺は、優しい両親と兄弟の記憶がある分、まだマシだったと思います」

「よくそんなふうに割り切れたな。少しは自分の境遇を恨むものだと思うが」

「そうですね。十五歳くらいまでは、ものすごく悲観的でした。……早く両親と兄弟のもとに行きたいと、そればかりを思っていましたし」

斎はそっと目を閉じて、当時の自分を思い出した。

暗い顔をしたこどもだったと思う。世を拗《す》ねてぐれるには気力に欠けて、ただ鬱々《うつうつ》とすべてを恨んで呪《のろ》っていた。

「俺が変わったのは、師匠のお陰です。俺のいた施設で、ちょっとした幽霊騒ぎがあって、除霊に来たのが師匠でした。師匠は俺の術者としての才能を認めてくれて、中学を卒業したら俺のところに来いと誘ってくれたんです」

その時の悦びがまざまざと蘇る。

自分に明確な居場所ができた、しかも特別な才能を認められて。それは、当時の俺にとって、人生は捨てたものじゃないと、少しだけ思えるきっかけになった。

「恨みや辛《つら》み、憎しみ、自己嫌悪に自己憐憫《れんびん》、卑屈になること……そういった感情は、自分自身を損なうと師匠から教わりました。実際、修行をはじめると、自分の中にそういったドロドロしたものがたくさん詰まっていて、瘴気となりかけているのがわかりました。その後は、玄狐という黒い狐の姿をした神の使いを与えられたので、常に前向きでいるように言われました。玄狐には純粋で上質な陽気を与える必要があったんです。……そのお陰で、少しずつですが、俺も変わってゆけたんです」

「良い師匠だ。時宜を読み、適切な順で弟子を導いたか。なかなかできることではない」

「……あの人は、本当にすばらしい、俺にとって最高の師匠でした。それだけじゃない。俺を、本当の弟のように面倒を見てくれたんです。俺にとって師匠は、世界で一番大事な、たったひとりの家族だったんです」

「そうだろうな」

噛みしめるように鳳璋がうなずいた。

その声には無視できない重みがあった。なんの根拠もないが、自分の師匠への思慕も、師匠から与えられた深い情愛も、鳳璋はともに理解していると、斎は素直に信じられた。

自分の一番大切な部分を理解されたら、鳳璋を嫌うことはできなくなっていた。

これが王の器……ということなのだろうか。

驚愕《きょうがく》と感心のこもったまなざしを鳳璋に向ける。すると、不思議そうな顔で鳳璋が斎を見返した。

「おまえは昨日、元の世界に戻っても家族はいないと言ってなかったか?」

「師匠は、一年前に亡くなりました。山怪退治で……相討ちになって」

山怪の爪に切り裂かれ、変わり果てた姿となった師匠を思い出し、斎が目を伏せる。

「そうか。……俺は、ふたりの子や血族がいても、緋燕が行方不明になり、とてもつらかった。安易に比べられるものではないが、血族のいないおまえにとって、師匠の死はそれ以上に重いものではないか……と思う」

鳳璋が手を伸ばし、斎の頬に触れる。泣いてはいないかと確かめるように、斎の前髪をかき上げた。

「そんな顔をして泣くのを我慢することはない。つらかったら、泣いていいのだぞ?」

師匠を思い出すような、優しい声だった。大きくて、頼り甲斐《がい》のある男の声だ。

斎はそういう声に滅法弱く、全身全霊で鳳璋に頼りたくなってしまう。

「……泣きませんよ。めそめそしていたら、それこそ師匠に叱《しか》られます」

すがりつきそうになる自分を抑え、斎がことさら明るく答える。

「斎よ、おまえの師匠は、過ぎたことに必要以上にこだわるなと教えたかったのではないか？　そしておまえが本心から泣きたくなった時は、自分で受け留める覚悟があったからこそ、おまえにいろいろな要求をしたのだと思う。師匠だとて、愛しい者の死を嘆き悲しむなとは言うまい。泣くだけ泣いて、すっきりするがいい。すっきりしないといつまでも前向きになれないからな」

衣擦《きぬず》れの音をさせながら鳳璋が起き上がった。大きな手を斎の頭に置くと、鳳璋が泣く子を慰めるような優しい手つきで、斎の髪を撫ではじめる。

「泣けと言われて、急に泣けるものでもありませんよ」

昨日とはまったく違う愛撫にとまどいながらも、斎は鳳璋に撫でられるままでいた。

涙は出なかったが、斎の中にふわりと温かい何かが生まれた。その正体が陽気だと、斎はわかっていた。

俺は……、少しだけ、この人のことが好きになったかもしれない。少なくとも、この人の庇護《ひご》下でこの世界に生きることが、それほど悪くないと思いはじめている。

鳳璋は、指を鳴らして燭台の灯りをかき消すと、斎の体を抱えたまま寝台に横たわった。

「……何もしない。安心して、今宵《こよい》は眠るがいい」

暗闇の中に、月光のように優しい声が語りかける。

その言葉が真実であると告げるように、ほどなくして鳳璋の寝息が閨に響いた。

人の気配を感じながら眠るのは、久しぶりだ……。

師匠に引き取られてから、斎は師匠と六畳間に布団を並べて眠っていた。師匠のいびきがうるさくて閉口したこともあったが、それでも、自分は孤独ではないと安心できた。

そして今、なぜか斎は師匠の寝息に安心した時と同じ感覚を覚えていた。

……どうして？　師匠とこの人は別人だ。しかも、俺も多少態度が悪かったとはいえ、突然俺を犯るような相手だっていうのに。

そんなことを考えながらも、鳳璋から放たれる太陽のような温かな気に包まれるうちに、斎はいつしか安らかな眠りについていたのであった。


翌朝、夜明け前に女官が鳳璋を迎えにやってきた。

「……すぐ行く」

抑えた声に、斎が目を開けると、すでに鳳璋は寝台から降り、乱れた夜着を整えていた。

「起こしたか。すまないな」

暗闇にふんわりと明るい金色の塊が浮かんでいる。その正体は、鳳璋の気だ。

「俺は、毎日夜明け前に沐浴《もくよく》をし、朝日に向かって礼拝するのだ。民の安寧と国の繁栄を願ってのな。……おまえがそれにつきあう必要はない。このまま眠っていろ」

寝ぼけ眼の斎の髪を指先で撫でると、鳳璋が寝室を出ていった。

「……本当に、俺に手を出さなかったな」

斎はひとりごちると、夜着の襟元に手を入れ、くっきりと浮き出た鎖骨に触れた。

元々手を出すつもりはないという言葉は、本当だったのか……。コミュニケーション過多なところは、地なんだろうな。

体育会系に顕著だが、男同士で肩を抱いたり、叩き合ったりするのは、それほど珍しい行為ではない。鳳璋はそういうタイプの人間なのだろうと斎は判断した。

斎が寝直そうとして布団に潜り込むと、夜具から甘くスパイシーな香りが漂ってきた。

二度寝しようとした斎だが、鳳璋の残り香を嗅《か》ぐうちに、かえって目が冴《さ》えてゆく。

「……起きるか」

斎は惰眠を諦め、寝台から降りると夜着のまま庭へ出た。

外出もままならない妃の無聊を慰めるため、後宮では宮ごとに見事な庭園があった。

築山に池、しだれ柳に奇岩の類。そしてもちろん、四季折々に花を咲かせ、女人の目を楽しませるための草木が多数植えられている。

今は、丹桂《たんけい》――金木犀《きんもくせい》――が満開で、あの独特の甘い香りが庭に漂っていた。

空は随分と明るくなり、生命そのものの赤い輝きを放つ太陽が、東の空からじわじわとその姿を現していた。

「なんて、綺麗なんだ」

くっきりとした太陽が、あまりにも鮮やかで、斎は思わず息を呑んだ。

朱に塗られた宮城の建物が、朝日を受けて息吹きはじめる。青みを増してゆく空、白く彩る雲、宙を舞う鳥たちの玄《くろ》い影。

視線を庭園に戻せば、常緑樹の緑が艶々と輝き、絶妙に配置された巨岩は、まるで神域のご神体のように大地の脈動を体現している。すべてが華やぎ輝き、躍動していた。

目には見えないものさえ見える斎だからこそ、自分を取り巻く現在の環境と元いた世界との違いを明確に感じ取っていた。

やはり、ここは異界だ。なぜ今までこんなことに気づかなかったんだ？　まるで、視界を制限される術をかけられていたかのように、俺は見えていなかった。

しかし、今は見える。わかる。感じる。ここが、仙郷なのだということを。

「…………」

瞬《まばた》きして斎が庭園に足を一歩踏み出す。

息を吸うごとに、緩やかに穏やかに斎の体を気が満たしてゆく。欠けたる五行はひとつとしてなく、斎の中で周旋し、それは新たな力となって、全身から溢れ出す。

「本当に、すごい。……ここに玄狐を連れてきたら、喜ぶだろうな」

玄狐には斎の気を与えていたが、本来、神使は、日月を含む自然の気を糧とするのだ。

斎は肩幅に足を開いて大地を踏みしめ、目を閉じて、脱力して腕を下ろし、手のひらを上向けて太陽の光を感じる。

こうすることで、効率よく足下から地の気を、頭頂から天の気を導引できるのだ。

腹式呼吸をして気を高める斎の耳に、押し殺した若い女の泣き声が聞こえた。

「……どうしましょう。こんなに捜しても見つからないなんて……！」

風に乗って届いた声が気になって、斎は声のした方へと歩いていった。

「どうしましたか？」

地面にぺたんと座り込んでいた十三、四歳の少女に、斎が優しく声をかける。

「……男!?　どうしてここに男の人が……あっ！」

斎の正体に気づいたか、少女は顔を強《こわ》ばらせ、その場で深く平伏した。

「なんでもございません。おっ、お妃様のお手を煩わせるようなことは、何も……っ」

緊張で少女の全身が硬くなっている。少女の簡素な衣装から、斎は後宮の掃除などをする下働きなのだろうと察した。

「俺は、景仁宮に住むことになったけど、妃じゃない。無位無冠の異界人だ。王の気まぐれでここに留め置かれているだけだから、そんなにかしこまらなくていいんだよ」

脅かさないよう、なるべく優しく語りかけると、斎は少女の横にしゃがみ込んだ。

「俺にできることなら手助けしたい。いったいどうしたんだい？」

「はい、あの……」

もじもじしながら少女が顔を上げた。貴人――しかも、現在ただひとりの王の〝妾〟。つまり後宮で最大かつ唯一の権力者――を前に、どうしようかと迷っているようだった。

「大丈夫。このことは俺と君だけの秘密だよ。君が叱られたりしないようにね」

斎が微笑みかけると、少女は斎の顔をまじまじと見返し、うっすらと頬を染めた。中性的な斎の美貌《びぼう》がまぶしいのか、恥ずかしげに話しはじめた。

「昨日、耳飾りを片方、庭に落としてしまったんです。とても大事な物なので、早起きして捜していたのですが、全然見つからなくて……。この耳飾りなのですが、どこかで見かけませんでしたでしょうか？」

少女が、固く握りしめていた左手を開く。

小さな手のひらの上に、珊瑚《さんご》の小さな枝を加工した薄桃色の耳飾りが載っていた。

「かわいい耳飾りだね。恋人からの贈り物？　ちょっと、借りるね」

小さな装身具を摘み上げると、斎が耳飾りの気を探る。耳飾りから、この少女と送り主、両方が入り交じった気を感じた。

これなら、もう片方を捜せるかもしれないな。

両手で耳飾りを包むと、斎は目を閉じ、霊査を開始する。斎から見て、右斜め前方に反応があった。それと同時に、その耳飾りのある場所が、頭の中のスクリーンに像を結ぶ。いつもより、わかるのが早い。それに映像がはっきりしている。やはりここは、仙郷だ。俺の能力が以前に比べてかなり強くなっている。

内心で大いに驚きつつも、斎は笑顔で立ち上がった。

「――見つけた。こっちにあるから、ついておいで」

少女に耳飾りを返すと、斎は夜着の裾《すそ》を翻して歩きはじめた。先ほどまで斎がいた場所にほど近い池の中から、耳飾りの反応はあった。

耳飾りの気を追い、斎が袖をからげて右腕を池の中に突っ込んだ。柔らかい泥をかき分けると、小さく硬い物が指に触れる。

人さし指と中指で珊瑚を挟むと、耳飾りを泥の中から摘み出した。

「――っ！　これです！　すごい!!　どうしてここにあるとわかったのですか!?」

斎の異能を目の当たりにして興奮したか、少女が早口でまくし立てる。

「元々そういう力があるから、かな」

「すごいです！　新しいお妃様は、仙道の方だったのですね!!」

てっきり気持ち悪がられるかと思っていた斎だが、あっさり少女に尊敬のまなざしを向けられて、拍子抜けしてしまった。

そういえば、一昨日の晩、王が不思議な力を使って俺の服を破いたんだ。この国には、異能力者に対しての偏見は、一切ない、ということか……。

まさしく、ここは仙郷だ。斎がその思いを新たにする。

少女とはそこで別れた。散歩を終えて建物に戻ると、鐘が寝室で斎を待っていた。

「おはよう、斎殿。散歩かな？」

「はい。お待たせしてすみません」

温厚な老人を待たせたことに謝罪すると、軽やかな笑い声が返ってきた。

「散歩する元気があるということか。重畳《ちょうじょう》、重畳。さあ、傷を見せてみよ」

鐘の言葉に、斎が怪我をした右腕の袖をめくった。春鶯が包帯を外すと、現れた傷口は――驚くべきことに――綺麗にふさがり、わずかに変色した筋が残るばかりとなっていた。

「すごい！　いったい、どのような魔法を使ったんですか!?」

斎の仲間内にもヒーラーはいたが、あれほど深い傷をわずか二日でここまで治せる者はいなかった。興奮する斎に、鐘がにっこりと笑いかける。

「仙薬、いわゆる金丹の効果だ。こうみえても儂は、仙薬作りではこの国一番を自負しておる。斎殿が最初に飲んだ言葉が通じる丸薬、あれも儂が作ったのだよ」

「それは……とてもすばらしい技です。本当に」

感嘆しすぎて、それ以上の言葉が見つからない。

鐘は傷を水で濡らした綺麗な布で拭き清めると、陶器の壺を斎に差し出した。

「傷は大方治ったから、もう儂が治療する必要もあるまい。ただし、万が一ということもある。しばらくはあまり激しい運動はせぬようにな。さて、この壺の中身だが、言葉が通ずるようになる仙薬じゃ。三日に一度、一粒ずつ服用するように」

陶器を斎に渡し、鐘は寝室を出ていくと、入れ替わりに春鶯が着替えを手にやってくる。

今日の袍服は淡い紫色の布地に、大輪の牡丹《ぼたん》の花が刺繍で描かれている。

昨日に続き、手の込んだ職人技を感じさせる逸品だ。

「俺の服ですが、花模様以外、できれば無地にはできないのでしょうか？」

「それはちょっと……。斎様は王の妾ですから、それなりの物をお召しになってもらわないと示しがつきません。どうか耐えてくださいな」

表情で多分の同情を示しながらも、春鶯は斎の要望を即座に却下する。

妾になるとは、こういうことかと斎が脱力した。

その日の午後、昼食を終えた斎が寝台に横たわり、食休みを取っていると、鳳璋がひょっこりと現れた。

「色男、昼寝とは随分いいご身分だな」

「……なんの用ですか?」

「女官から聞いたぞ。今朝方《けさ》、下働きの娘の失せ物を、見事捜し出したそうだな」

「もうご存じなのですか?」

「女たちの噂話は、早馬よりも早く駆け巡る。覚えておくといい」

鳳璋はしたり顔で言うと、寝台に腰を下ろした。

「下働きの娘は、そりゃもう感動していたそうだ。新しい男のお妃様は、とてもお優しい方だと喋《しゃべ》り回っているらしい。後宮でおまえの株はうなぎ登りだ。嬉しいだろう?」

「別に。いくら女性にもてたところで、俺はあなたの妾ですから。どれほど後宮で女性に囲まれていても、手出しはできませんし」

「いい答えだ。おまえは俺の愛妾だ。他の者に心を向けることは許されない。……斎は、自分の立場を、よくわかっているのだな」

「それだけが、取り柄ですよ」

　意に染まぬ苦労をした経験は、斎を慎重にさせる。他の男ならば垂涎《すいぜん》ものの環境を与えられたところで、それが諸刃《もろは》の剣とわかっている以上、無邪気に喜ぶことはできない。

　斎は顎を摑む鳳璋の手を押し、寝返りを打つ。

「それで、あなたは俺の昼寝の邪魔をしに来たんですか？　お暇なら、仕事に戻られた方がいいのでは？」

　冷たい声で尋ねると、鳳璋が斎にのしかかってきた。寝台に手をついた鳳璋の腕の中に、斎の体がすっぽりと収まった。

　相変わらず、コミュニケーション過剰な鳳璋の行為に、斎は逃げ場を失う。まぶしいほどの明るく力強い気と男の体温を感じて斎の体が硬くなった。

「……何をそんなに拗ねているんだ？」

「拗ねてなんて、いませんよ！」

「そんなふうに感情的になること自体、おまえが俺に甘えている証拠だ。甘えるのは構わないが、どうせなら俺の気分が良くなるように甘えることだ。王の機嫌を取れば、おまえにもいいことがあるかもしれないぞ？」

　この人は、ずるくて卑怯だ。完全に俺の一枚上を行っている。

そんなふうに言われたら、俺は、安易に冷たい声で答えることも、怒りをぶつけることもできなくなってしまう。

どうしてこう、俺の中にずかずかと土足で踏み込んでくるんだ……？

「……拗ねてもいませんし、甘えてもいません」

長々とため息をつき、斎が鳳璋の腕の中で仰向けになる。瞬きして鳳璋を見つめると、鳳璋が深々とうなずいた。

「やっとこっちを向いた」

「そんなこと、どうでもいいでしょう。あなたは王だ。俺にこっちを向けと命ずればいい」

「なっ……っ!!」

「それに、おまえが従うか？　それとも俺を怒らせて、また無体な目に遭いたいのか？」

セックスを示唆する発言に、斎が真っ赤になって息を呑む。

「俺には二度と手を出さないと言ったじゃないか！」

「もちろん、そのつもりだ。だが、あまり反抗的な態度を取られると、どんな手を使ってでも従えたくなる」

「…………」

悪びれない顔で脅されて、斎は返す言葉を失っていた。

「……ちょっとどいてください。話があるなら、場所を変えましょう」

「そうだな。ちょうど喉《のど》が渇いていたところだ。茶でも飲みながら話すとしよう」

斎の提案に賛成すると、鳳璋がようやく体を起こした。

濃厚な香の匂いが遠ざかってゆき、斎はそっと息を吐いた。

鳳璋とともに居間に向かうと、春鶯がお茶の支度をしていた。春鶯はふたりのためにお茶を煎れ、居間から出ていく。

鳳璋とふたりきりになると、斎は手持ちぶさたになり、視線を卓に向けた。

卓の上には、桃饅頭《まんじゅう》に小さな月餅《げっぺい》が三種類、芝団子に、シロップをかけたカットフルーツが並んでいた。

小さくてかわいらしい菓子に斎が目を細め、月餅に手を伸ばした。

口に入れると、上品な甘さが舌に優しく、ごまの風味が香り高く、極薄でしっとりした皮までもが美味であった。

美味な菓子に斎が笑顔になると、鳳璋が「さて」と言って茶碗を卓に置いた。

「ここに来たのは、おまえと暢気に茶飲み話をするためではない。おまえの力について聞きたいことがあったからだ。おまえは、見えぬ物を捜し出す目を持っているな？」

「はい。俺の得意分野は霊視と霊査です」

ここで、斎は霊視と霊査について、鳳璋に説明した。

「妖怪退治を戦に例えれば、諜報《ちょうほう》活動です。敵の位置を探り、特定する役割です」

「なるほど。だからそのように軟弱な体でも妖怪退治に加われたのか」

「軟弱は、余計です！」

気にしていることを言われて、軽口とわかりつつ、つい、斎が感情的に返した。

おかしいな……。俺は、今までこの手のことでからかわれても、こんなふうに感情的な反応を示したことはないのに。

いつも斎は、小馬鹿にした発言には、氷のように冷たい視線を返すだけだった。斎のような中性的な美貌の持ち主の冷眼は、一種独特の迫力がある。

その迫力でもって、斎は今まで相手を黙らせてきた。なのに、鳳璋に対しては、素のままの感情を爆発させ、ぶつけてしまう。

まるで、こどもの頃――両親と兄弟に囲まれて幸せだった時――に返ったような自分の反応に、斎はとまどいを禁じえない。

これは……俺がこの人に甘えているということなんだろうか？　いや、まさか。

自分の思いつきを否定すると、斎は良い香りのするお茶を口にした。

「……失礼しました。話の続きをどうぞ」

「実は、おまえの力を見込んで頼みがある」

居住まいを正し、改まった口ぶりで鳳璋が話を切り出した。

「人を捜してほしい。緋燕がどこにいるのか……もし、死んでいるならば、その遺体のありかを見つけてほしいのだ」

「遺体って……。まさか、お妃様が亡くなっていると思っているのですか？」

妃のことを語る鳳璋の口ぶりは、優しく愛しさに満ちていた。その鳳璋が、内心では愛妻が死んでいると考えていたことに、斎は驚いていた。

「緋燕が行方知れずになって三年だぞ？　ありとあらゆる手を尽くして捜したのに見つからないのだ。すでにこの世にいないという可能性を選択肢に入れるのは、当然のことだ」

鳳璋の表情も声も淡々としていた。それでも、斎は鳳璋の体から放たれる気から、かすかに懊悩《おうのう》の気配を感じた。

とても苦しんでいるのに、それを表に出さない。……いや、出さないよう自制しているのか。王というのは、つらいものだな。

それと同時に、斎は鳳璋の悩みの深さに思いを馳せた。

この人のようなタイプは、とにかくプラス思考で、物事の良い面を見るはずだ。それなのに、最悪の事態を想像しているということは……三年という月日は、それほどの長さだったのだろう。

明るい陽気を振りまく鳳璋に対して、斎の心に同情に似た感情が湧いてくる。

「俺の霊査は、対象となる物の気を探るんです。お妃様が愛用していた品か、よく身につけていた服などありますか？」

「やってくれるのか？　すぐに用意させる。ちょっと待っていろ」

鳳璋が金の呼び鈴を鳴らした。涼やかな音がすると、すぐに春鶯がやってきた。ほどなくして、緋燕が愛用していた筆と硯《すずり》、そして地図を持った女官がやってきた。

卓の上を片付けて地図を広げると、斎が鳳璋に断りを入れる。

「俺の霊査できる範囲は、半径三十キロ程度です。それ以上の範囲はわかりません」

「三十キロ？」

ここで、鳳璋と斎がやりとりし、だいたい日本の五百メートルを一里という単位で表すことがわかった。三十キロならば、六十里となる。

「六十里四方か……。我が国土は、千里四方。すべてを調べることはとても無理か……。いや、六十里四方を調べられるだけでもたいしたものだが」

一瞬、落胆の色を見せた鳳璋だが、慌てて斎をフォローする。

「では、霊査をはじめます」

そう言って斎が筆を手に取った。幸い、筆には緋燕の気が残っていて、斎は緋燕の気のカラーを読み取ることができた。

斎の脳裏で再構築された緋燕は、明るく朗らかで、芯が強く優しい女性だった。

より深く読み取ると、緋燕の鳳璋やこどもに注ぐ愛情の深さも伝わってきた。それは、鳳璋から緋燕へ向けられる愛情と同じくらい強く、斎の心がざわめいた。

……どうしてこんな……。落ち着け。リラックスしないと力が出せない。

斎は緋燕の気を把握することに集中し、次にそれを基準にして霊査をはじめる。

「──斜め左前方に濃い気配を感じますが、おそらくここはお妃様が住んでいたところですね」

「当たりだ。おまえに緋燕の宮は教えてなかったはずだが……。本当に、霊査というものでわかるのだな」

密やかな声で、鳳璋が斎の才を賞賛する。

「これで飯を食っていましたから、できて当たり前です。……次は、右手に六里ほど行ったところに似た気を感じますが、お妃様のご親族のようですね。もっと広げてみます」

斎が霊査の網を広げる。深く息を吸うと、今までになく力が湧いてきて、斎自身が驚くほどのスピードで、感覚が広がってゆく。

……すごい。こんなに調子がいいのは、初めてだ。

航空写真を眺めているように、斎の脳内のスクリーンに朱豊国の様子が映し出される。

牛を追う牛飼いの少年、機織りする少女たち、畑で収穫する夫婦。そして、人の姿が見えなくなり、代わりに緑で覆われた森が現れた。

全体を俯瞰《ふかん》しつつも、スライドショーのように個々の風景を眺める視点での映像が、次々と現れては消えてゆく。

「……変わった形の岩が見えます。獅子《しし》のような形をした……。あぁ、祠《ほこら》があるから、地元では信仰の対象のようですね」

「それは、獅子洞祀だ。有名な場所で、たくさんの人が参拝しています」

鳳璋が地図の獅子洞祀を指で押さえ、驚きの声をあげた。三百里とは、すなわち百五十キロ。斎の自己申告した霊査可能な範囲を軽く超えている。

今の斎は、全身に力が満ち溢れる高揚感に支配され、鳳璋の声も遠くに感じていた。

すごい。どこまで広がってゆくんだろうか。知りたい。試したい。自分の力、すべてを。

術者というのは、基本的にオタク体質だ。そうでなければ務まらない。斎はいつの間にか、自分の可能性を探ることに夢中になっていた。

「次はまた森……そして、川。大河がふたつ、合流して……あれ？　橋が落ちて……たくさんの人が困っているようですね」

「大河が合流するとなると淮陰《わいいん》のあたりか。しかし、そのような報告は受けてないぞ？」

「では、これから報告が来るのでしょう。大雨が降ったようですね。洪水でたくさんの家が水没していますよ」

この調子で、斎は見えたものをそのまま語り、鳳璋が地図で都からの距離を確認した。

結果、斎が霊査できる範囲は朱豊国のほぼ全域と判明した。

霊査を終えた斎が満足げにため息をつく。

「……千里四方。つまり、俺の霊査範囲は五百キロか。今までの十倍を軽く超えている」

満足げにつぶやいた斎だが、最初の目的を果たしていないことを思い出した。

「すみません。……できる限り丁寧に調べはしたのですが、お妃様の気は、どこにも感じられませんでした」

「……そうか」

鳳璋がまぶたを伏せて、地図に視線を落とす。

斎は、鳳璋が泣いているのではないかと思った。

「鳳璋様？」

今まで頑《かたく》なに鳳璋の名を呼ぶことをしなかった斎だが、なぜかこの時、そう呼びかけなければならない気がしていた。

斎の声に、鳳璋が顔を上げた。鳳璋は、泣いてはいなかったが、その気は落胆と失望と悲哀に彩られ、同席しているだけで、胸が苦しくなるほどだった。

「……鳳璋様、俺の力は絶対ではありません。お妃様はこの国にいらっしゃるのかもしれませんし、俺の力が及ばない他国にいらっしゃるのかもしれません」

鳳璋の気に自分が染まりそうになるのを感じながら、斎は全力でそれにあらがい、少しでも鳳璋が希望が持てる言葉を口にした。

「そうだな。……希望を捨てては、いけないな」

「そうです。他の誰が信じなくても、鳳璋様、あなただけはお妃様が無事でいらっしゃると信じなければいけません」

鳳璋を励ましたくて、力強く斎が返した。斎の言葉に、鳳璋の気がゆっくりと、いつもの活力に満ちたものへと変化してゆく。

よかった。元気になったみたいだ。

「おまえの力は便利だな。伝令の早馬よりも早く、各地の状況がわかる。災害への対応は、一刻も早い方がよいからな。よければその力、今後も我が国のために役立ててくれ」

鳳璋が手を伸ばし、斎の手をしっかりと握った。

災害への対応と言われてしまえば、斎に断る理由も道理もない。なにせ、ここに来てから、斎は鳳璋の話し相手をする以外に、何もすることがないのだから。

「俺にできることがあれば、なんでもいたします」

「では、このことを大臣と計ることにしよう。俺はおまえの厚情に礼をしたいのだが、望みはないか？　俺にできることなら、なんでもするぞ」

「礼なんて……」

結構です、と断りかけた斎だが、ひとつ鳳璋に願いたいことがあった。

斎が真剣な顔で鳳璋を見つめ返す。

「では、俺に、仙道の修行をさせてくれませんか？」

「仙道の？」

予想外の申し出だったのか、鳳璋が怪訝《けげん》そうな顔をした。

「そうです。俺は、術者として、この世界について知りたいのです。ここは、元の世界よりも気が濃密で、俺の能力も前の十倍以上になりました。俺は、この世界で俺自身が何ができるのか知りたい。そして、この世界の仙術についても知りたいのです。元の世界の知識とこの世界で得た知見を重ね合わせれば、何か――とてつもなくすごいことが――できるような気がするんです」

術者の顔をした斎が熱っぽい口調で語る。今までになく生気に溢れ、目を輝かす斎を、鳳璋が瞬きして見返した。

「……おまえ、今までで一番生き生きした顔をしているな」

「俺は術者です。術者にとっての幸福は、新しい知識を得、新しい技を習得することです。俺は、その貴重な機会を得たんですよ。ここで生き生きしなくて、いつするんですか」

興奮に頬を紅潮させながら、斎が饒舌《じょうぜつ》に返す。鳳璋は、そんな斎を呆《あき》れた目で見返すばかりで、その顔には、はっきり理解不能と書いてあった。

「そうか。……では、斎の弟子入りを鐘に頼んでおこう。ただし、仙道は気難しく、彼ら独特の規律で動いている。俺は口利きはできるが、弟子入りさせろと命令することはできない。仙道修行を断られるかもしれないが、それでもいいか？」

確約はできないという鳳璋の言葉に、斎がにっこりとうなずき返す。

「そうでしょうね。術者の世界とは、そういうものです。それで俺は結構です」

斎には自信があった。自分はきっと、仙道の世界に受け入れられるという確信が。

俺の持つ知識と能力は垂涎の的のはず。ギブアンドテイクを申し出て、一緒に研究しようと誘えば、絶対に弟子入りを許されるはずだ。

斎の脳裏に、薔薇《ばら》色のオタク生活が浮かび、恍惚《こうこつ》とした表情となる。

「あぁ、早く修行ができるといいのに……」

知的好奇心の虜《とりこ》となってうっとりとつぶやく斎を、鳳璋がうろんな顔をして見つめていたが、息を吐き、笑顔を浮かべた。

「斎がそれほど楽しそうな顔をするとはな。初めて斎の笑顔を見られて、俺も嬉しい」

「……どうも。ありがとうございます」

包み込むような笑みを向けられて、今度は斎が面食らう番だった。

鳳璋の笑顔は、もうぼんやりとしか覚えていない父親や師匠から向けられたものに、とてもよく似ていた。

お父さんや師匠と同じような気持ちで、鳳璋様は俺のことを見ているのだろうか？　まさか。まだ会ってから三日目だぞ。

でも……。もし、そうだったら……。どうしよう、すごく嬉しくなってきた……。

斎の頬が桜色に染まった。他人に嫌われるより好かれた方が、気分がいいに決まっている。だが、斎が感じている嬉しさは、それとは少し質が違っていた。

そして鳳璋は景仁宮を去った。斎が夕食と湯浴みを済ませたところで、夜着に着替えた鳳璋が、嬉しい報告を携えて景仁宮を訪れた。

「……鐘が、おまえの弟子入りを許したぞ」

「本当ですか!?」

斎が華やいだ声を出した。興奮に頬を紅潮させた斎を見て、鳳璋が複雑な顔をする。

「本当に嬉しそうだな。俺にはまったくその気持ちはわからんが……。斎、鐘から、何を学ぶつもりだ？」

「仙薬の作り方を学びたいと思っています。俺の傷を治した薬も、あなたに性交の際に使われた薬も、効果がすごかったですから」

「……嫌味か」

不機嫌な声で言うと、鳳璋が斎の手に大きな手を重ねてくる。

「まさか。体験して、本当にすごいと実感したんです。元の世界に帰った時、これを売りに出せば、俺も生活に困ることはなさそうですし」

「元の世界に、か……。おまえには、霊査の力があるのだから、食いっぱぐれることはないだろう？」

「そうでもないです。この仕事を続けたければ、愛人になれという話もありましたし。断ったら、業界から干されていたと思います」

はにかみながら告白してきた手嶋の顔を、ぼんやりと斎が思い出す。すると、鳳璋が斎を寝台に押し倒し、素早く覆いかぶさってきた。

「いきなり何をするんですか？」

　瞬きした斎の目の前に、怖い表情を浮かべた鳳璋の顔が迫る。

「愛人になれとは、どういうことだ？」

「手嶋という術者の一族の次期族長が、同性の俺に恋人になれと言ってきたんです。恋人になれば便宜を図ると言っていましたが、裏を返せば断ったら何をするかわからないということです。そして、次期族長となれば、結婚して子をなす義務もある。……つまり、権力を盾にして、俺に愛人になれと言ってきた。だいたい、あなたと言ってることもやってることも同じですね」

　しかめっ面をした鳳璋をまっすぐに見返し、斎が事情を説明する。斎の話を聞くうちに、鳳璋の顔が険しくなってきた。

「俺を、そんな奴と同列にするな」

「でも、俺にとっては似たようなものですよ。あちらにいても、こちらに来ても、俺は男に愛人になれと言わるんですから、やってられません」

　自嘲《じちょう》と自棄を含んだ口調で答えると、鳳璋がうなりながら斎の上からどいた。

「もう寝る」

寝台に横たわった鳳璋は、斎を抱き枕《まくら》のように抱きかかえ、ややあって耳元で囁いた。

「いろいろと、すまなかったな。……もし、男の愛人になるのがどうしても嫌で、おまえが望むなら、緋燕が帰還した後も、寵臣《ちょうしん》として好きなだけここにいてもいいのだぞ」

「いいですね。衣食住を気にせず、研究三昧《ざんまい》なんて本当に夢のような人生です」

嘘偽りない本心を、斎が満面の笑顔で告げた。鳳璋は呆れ顔で胸の中の斎を見返す。

「おまえは、本当に根っからの仙道なのだな」

「それ以外のことを、知りませんから」

愛も、恋も、俺は知らない。

鳳璋を見ていると、ふと、そんなつぶやきが斎の心に落ちてきた。

この人が、俺のことを好きなのは、とてもよくわかる。珍しい鳥のような異界人に向けるものとしては、破格なくらい俺によくしてくれている。

それが愛しい女性に向かう時、それはどういうものであったのだろう？　どれほど深く濃密で、細やかな愛情を鳳璋様はお妃様に注いだのだろうか？

……そんな愛情を、注がれてみたい。

溺れるほどに愛され、全身全霊でそれに応える自分を斎は想像した。

その想像の中で、息が詰まるほど強く自分を抱き締めていたのは——鳳璋だった。

「……っ」

どうして？　なぜ、俺はそんなことを想像してしまうんだ？　これじゃあまるで、俺が鳳璋様のことを、好きみたいじゃないか。

目を見開いたまま硬直した斎を、鳳璋が無造作に腕を伸ばして抱き寄せた。

鳳璋の温もりを感じると、甘やかな何かが吐息となって斎の唇からこぼれ出る。

俺は、飢えてたんだ。温もりや愛情に……。

そんなことは、わかっていた。だが、自分がどれほど強くそれらを欲していたか、斎は正確に理解していなかった。

鳳璋から与えられるそれは、あまりにも斎にとって心地良い。

だが、それは本来斎に向けられるものではない。緋燕がいたならば、彼女にこそ惜しみなく潤沢に注がれるはずのものなのだ。

お妃様が帰ってきたら、鳳璋様は、俺になんて見向きもしないだろう。

仲睦《なかむつ》まじい夫婦の姿を想像するだけで、斎の胸が切なく締めつけられる。

「鳳璋様、寵臣になれとのお話、とても嬉しいですが……。やっぱり、お断りします」

「なぜだ？」

断られるのは意外だったのか、鳳璋が斎の顔を凝視する。

「鳥は空に、獣は地に、魚は水に居るものです。どんなによくしていただいたとしても、ここは、本来俺のいるべき場所ではありませんから」

斎が道理を説くと、鳳璋がため息をついた。

「そうか。……そうだな。ここは、おまえのいるべき場所ではない」

ここは、おまえのいるべき場所ではない。その言葉が斎の胸に突き刺さった。

鳳璋はこの世界という意味で使ったのだろうが、斎には、この胸の中――鳳璋の傍らにあること――というふうに感じてしまったのだ。

俺は、どこまでいっても異邦人だ。そして、どこに行っても、やっぱりひとりで、手に入らないものばかり欲しがっている。

亡くした家族、師匠、そして、妻を愛する鳳璋の心。

好きになるなら、鳳璋様ではなく、手嶋さんを好きになれればよかった。愛人であっても、少なくとも両思いにはなれたのに。

それなのに、よりにもよって、妻を溺愛《できあい》する男を好きになってしまったのだ。

運命の皮肉を斎は感じた。

鳳璋は、斎を胸に抱いたまま、すぐに寝息をたてはじめた。

斎はそっと寝返りを打ち、鳳璋から離れようとした。だが、どうしても体が言うことを聞かないのだ。

——馬鹿だな、俺は。いったい、何をしているんだ——

心の中で自嘲してみせるが、鳳璋の腕の中はあまりにも心地良く、斎は甘くスパイシーな香の匂いを嗅ぎながら、切ない眠りについたのだった。


翌朝、斎が目覚めると、すでに寝床に鳳璋の姿はなかった。鳳璋の残り香が薫る寝台で、斎が悩ましげなため息をついた。

好きだと思ったら、熟睡してしまうなんて……。

昨日の昼間、鳳璋様が言った通りだ。俺は、鳳璋様に甘えている。

「馬鹿だなぁ……」

つぶやいた瞬間、斎の体の芯が疼く。初めて鳳璋に抱かれた際の熱が、蘇ったのだ。

快楽の淵《ふち》で、夢うつつになりながら何を訴えたか、斎は朧《おぼろ》げに思い出しはじめていた。

『約束しよう、斎。おまえが俺の手元にいる限り、俺はおまえに温もりを与えると』

閨の睦言にしては真摯《しんし》な鳳璋の囁きも、記憶の奥底から浮かび上がってきた。

「あ………」

気がつけば、斎は両腕を自分の体に回していた。

だから、だったのか。過剰なスキンシップは、俺のためにしてくれていたのか。

俺が、そう望んだから。

なんの関《かか》わりもない異界人のため。しかも、自分から温もりを求めたことなどすっかり忘れた斎に、王である鳳璋が、ここまで心を砕いてくれたのだ。

鳳璋の誠実さ、度量の大きさを感じて、斎の胸が熱くなる。

こういう人だから、俺は惹《ひ》かれたんだ。好きになって当然じゃないか。……だったら、別に両思いじゃなくてもいい。

俺は、この人に必要とされる限り、傍にいよう。もし、お妃様が戻って用無しになったら、その時は、黙ってこの世界から去ればいいのだから。

心静かに、斎はそう誓った。鳳璋の近くに自分がいて、緋燕が気分を害さない保証はない。夫婦が不仲になれば、鳳璋が苦しむ。それは、斎の本意ではない。

俺は、絶対に叶《かな》わない恋をした。失恋するのが目に見えているなら、俺にとっても、鳳璋様にとっても、なるべく綺麗な思い出になるようにしたい。

「理想論かも……しれないな」

恋を自覚する前から、斎は鳳璋の胸の中から離れられなかった。自覚してしまった今となっては、心はよりいっそう強く、ひたむきに、鳳璋へと向かいはじめている。

「この想いは、隠さないと。俺が本気で鳳璋様を好きだと知ったら、鳳璋様は……」

困るのだろうか？　それとも、迷惑に思う？　いっそ、俺を本当に妾として……慈しんでくれるのだろうか？

仄《ほの》かな期待が、斎の胸に生じた。

初めての恋に心が弾み、浮かれている。窓の隙間から差し込む朝の光が、鳳璋の気のように輝いて斎の目に映っていた。

それから二時間後、朝の身支度と朝食を終えた斎を、鐘の弟子が迎えに来た。

鳳璋が用意した今日の袍服は、よりにもよって深紅。しかもアゲハチョウと吉祥文字に似た模様が鏤《ちりば》められた、いつにも増して豪華な衣装であった。

派手な服は気恥ずかしいが、これも鳳璋からの贈り物だと思えば、悪い気はしなかった。

後宮の入り口で斎を待っていた十七、八歳の見習い道士が、華やかな衣服を身につけた斎の姿を見て、目を丸くした。

「本当に、男の方なのですね……」

この年頃の少年に、男なのに妾と思われるのは、さすがに恥ずかしいな。しかし、堂々としていなければ鳳璋様に迷惑がかかる。俺は、鳳璋様の妾なのだから。

威張る必要はないが、おどおどしているのは、もっといけない。斎は精一杯の華やかな笑みを浮かべて頭を下げた。

「今日からお世話になります、藤岡斎です。若輩者ですが、よろしくお願いします」

年は下でも、仙道の世界でこの少年は先輩にあたる。兄弟子への斎の丁寧な挨拶《あいさつ》に、少年が慌てた様子で頭を下げた。

「私は鐘師父《しふ》の弟子の黄采和《こうさいか》です。よろしくお願いします」

采和の先導で後宮を出る際、門番をしていたふたり組の衛兵が、斎を見て動揺も露わに目を見開いた。

男妾が姿を現して、びっくりしているんだな……。

今後、こういうことが増えるに違いないが、斎はにっこりと微笑み衛兵に会釈した。

「……見たか、あの衣装」

「随分豪華だったな。王は、よほどあの異界人に入れ込んでいるらしい」

「あの方は、まあ、酔狂なお方だからな……」

衛兵たちの囁きが、風に乗って聞こえてくる。

……なるほど、鳳璋様がこの衣装を用意したのは、俺を溺愛していると周囲に知らしめるため、ということか。

少し考えればすぐにわかる道理であった。愛する女を着飾らせるのは、男のステータスだ。それと同時に、注ぐ愛情の深さも示す物差しとなる。

斎が王宮内を出入りすることを、鳳璋は自分の目的のために、利用したのだ。

純粋な好意ではないことが、少しだけ斎は悲しかった。

「……まあ、そんなことは、最初からわかっていたことだしな」

斎が半ば強がりながらつぶやいた時、正面から紫色の袍服を着た恰幅《かっぷく》のよい老人と、藤色の袍服を着た柔和そうな壮年の男性が多数の供を引き連れて歩いてきた。

「宰相と大司馬《だいしば》です。斎様、道をお譲りして、頭を下げてください」

采和が斎に耳打ちする。

宰相と大司馬ということは、現代日本では、官房長官と防衛大臣といったところか。

……権力の中枢にいる者の不興を買うのは、望ましくないな。

即座に判断すると斎は壁際に寄り、頭を垂れて宰相らをやり過ごすことにした。

ピカピカに磨かれた床を見ながら、斎は『掃除の人が毎日磨いているのだろうけど、人力でこれだけ掃除するには、何人くらい必要なのだろう』と暢気に考えていた。

すると、斎の視界の片隅で、錦の沓が動きを止めた。

「……珍妙な服装をした奴がいると思ったら……おまえが王の新しい男妾か」

侮蔑《ぶべつ》を含んだ苦々しげな声が、斎に放たれる。

声だけではない。声の主の不快な感情を濃厚に含んだ気も同時に斎は感じていた。

「後庭の徒花《あだばな》が、こんなところまで出てきおって。目障りだ、今すぐおまえの巣に戻るがいい」

「宰相様、恐れ入りますが一言、申し上げてよろしいでしょうか」

控えめに采和が口を開いた。

「斎殿は王より仙道の技を修めるようにと命ぜられております。このまま斎殿を景仁宮へ帰せば、私が王から叱責《しっせき》を受けてしまいます」

采和の言葉に、宰相から放たれる威圧の気が弱まった。弱まりはしたものの、その代わり、忌ま忌ましさの濃度が増した。

……参ったな。これは、完全に嫌われた。仕方ない。

斎は静かに息を吐くと、苛立った宰相の気を慰撫《いぶ》するために、浄化の気を送り込んだ。

それは、真夏の晴天下に、湧水《わきみず》に足を浸したような、清らかで涼やかな気であった。

これで、少しでも俺に対する悪意が和らげばいいんだが……。

「宰相様、そろそろ行かねば、隣国の使者をお待たせすることになります」

低音の落ち着いた声が、引き際を探る宰相に助け船を出す。

大司馬が声をかけたようだが、その声を聞いた瞬間、斎は激しく違和感を感じた。

――生臭い。これは、血の臭いか？　いや、怨嗟《えんさ》の念にも似ている……――

王宮に血の臭いをさせた者がいるはずがない。斎は幻臭を嗅いだのだ。

大司馬ともなれば、戦場に出た経験もあるだろうし……きっと、残り香のようにそれがこの人にまとわりついているのだろう。

斎がそう結論づけたところで、宰相が偉そうに口を開いた。

「……斎とやら、王の命に恥じることなく、仙道の技をしっかり修めるよう」

言うだけ言うと、宰相が再び回廊を歩みはじめた。供をする高官が後に続き、一行の姿が見えなくなってから、斎と采和が頭を上げて顔を見合わせる。

「采和さん、先ほどは庇《かば》ってくださってありがとうございました。王の命令というのは……嘘ですよね？」

「はい。ああでも言わなければ、斎様を雲霞宮《うんかきゅう》に連れていけません。私も師父も、斎様のお話を聞くのを、楽しみにしていましたから」

「俺の方こそ、こちらの世界の知識を得るのを、とても楽しみにしていました」

術士と道士。似た者同士のふたりが、ともに笑顔になった。

雲霞宮に到着すると、鐘が柔和な笑顔で出迎えた。

鐘に与えられた部屋は、日が射さない薄暗い一室であった。本棚だけではなく、床にまで大量の古書が堆《うずたか》く積まれている。

古書からは独特の黴臭《かびくさ》さが漂い、すり立ての墨の匂いと相まって斎は郷愁を感じた。

斎の業界では、今でも普通に古書が流通している。本の内容にも当然価値はあるが、中にはその本そのものが魔力や霊力を宿している場合もある。

斎も日常的に古書を手元に置いていたし、和紙に墨で呪文《じゅもん》を書き、呪符を作っていた。

ほんの数日この世界にいただけなのに、以前の日常が、とても昔のことのように懐かしいなんて。

「斎殿には、初学者用の本を用意したのだが……。読めるかね？」

椅子に座った斎に、鐘が薄い和綴じの本を差し出した。開いて中を見てみたが、斎の知っている漢字ではなかった。

篆字《てんじ》が、元の世界とは違う方向に進化したような文字だな。

「すみません、全然読めません。俺のいた世界とは、文字が違っていて……」

「ほう。それは面白い。では、斎殿の名前はどう書く？」

鐘の言葉に、采和が紙と硯箱を用意する。硯箱は網代《あじろ》組に似た文様が浮き出た、重厚な漆塗りの品だ。

斎が細い筆を取り、毛先に墨を含ませ、右上がりの筆致で『藤岡斎』と書く。

「ほうほう、そなたの世界では、このように書くのか。儂らの世界では……こうだな」

今度は鐘が筆を手にして、藤岡斎という文字の真横に、豊かな筆致で文字――斎からすると、絵のようであったが――を描いた。

その後は、仙道の授業に入るというより、初学者用の書を采和が読み上げ、斎が日本語に直す作業がはじまった。

鐘は、漢字を見るたびに、その文字の意味と背景を聞く。言霊という言葉があるが、漢字もまた、一文字一文字に深い意味と背景があり、概念を包摂する。

三人が、目を煌《きら》めかせて互いの知識を交換する。昼食も夕食も鐘の厚意で斎は雲霞宮で食べることになり、三人は、食事の間も惜しんで討論に熱中した。

夕食後にお茶を飲んで一休みしているところで、鐘が「そういえば」と斎に水を向けた。

「斎殿は、こちらに来て何か気づいたことはあるかな?」

「ここに来て、ですか……。いろいろ驚くことばかりですが、文化や風習の違いをのぞけば、鳳璋様のお力です。あれほど強い念動力者は、あちらにはいませんでした。こちらの人は皆、あのような力をお持ちなのですか?」

「皆が持っているわけではないが、珍しくもない。力の弱い者を含めれば、十人……いや、二十人にひとり程度の割合か。ただし、王族は別格でほぼ全員が力を持っている。中でも鳳璋様は特にお強い。ここ数代の王族の中でも希有《けう》な強さよ」

「なるほど……。あの力は、こちらでも特別なのですね」

斎が軽くうなずき、そして口を開いた。

「あ、あともうひとつ。夏華は、俺がいた世界より、ずっと気が濃厚ですね」

「……気が濃厚とな？　いったいそれは、どういうことかな？」

斎の発言に鐘が、すかさず食らいついてきた。道士だけあって、斎の言葉に含まれた意味の重要さに気づいたようだった。

「俺のいた世界では、聖地と同じかそれ以上に気が濃密です。もちろん、王宮にはいろいろな仕掛けがされていると思いますが……。それだけでは、説明がつかないほどの差があります」

「面白い意見だな。斎殿が元いた世界から来た人間はいるにはいるが、仙道と同じ能力の持ち主が来ることは、きわめて稀《まれ》だ。面白い、なかなかに面白い」

ふむふむとうなずきながら、鐘が山と積まれた書物の中から、虫食いの痕が残る冊子を引っ張り出してきた。

「儂の師匠が記した異界人の記録だ。通常の異界人は、見つかり次第、異界に帰されるのが常だ。我が師匠は、異界との境を探すのに長《た》けておったので、異界人が見つかるたびに、異界との境を探して、異界人を元の世界に帰していた。これは、その記録だ。明日からでも、内容を検討してみようか」

「師父、これ以外にも中尉《ちゅうい》に記録があるのではありませんか?」

冊子を見つめながら、釆和が鐘に尋ねた。いぶかしげな顔をした斎に、鐘が説明する。

「斎殿、中尉というのは、王都とその周辺の守備と警護をする役所のことよ。斎殿が現れた異界との境界の警備や異界人の保護も中尉の管轄だ。確かに、あそこならば異界人の記録があるであろうな。わかった。近いうちに、儂の中尉の知り合いに聞いてみよう」

重々しい声で鐘が言い、その日の集まりは終わりを告げたのだった。

景仁宮に戻った斎は、春鶯に戻りが遅くなったことを謝罪し、急いで入浴した。

白絹の夜着を着て、髪を乾かし櫛《くし》で梳《す》き、居間で鳳璋の訪れを待つ。寝室で待っていてもよかったのだが、一秒でも早く、斎は鳳璋に会いたかったのだ。

鳳璋様が来るまでの間、夏華の文字でも学ぶとするか……。

言葉に不自由はなくとも、仙術を学ぶ上で原典を読みこなすのは必須《ひっす》の作業だ。

初学者向けの仙術書と自分で聞き書きした書きつけを並べ、夏華の文字を覚えようとしたが、今ひとつ斎は内容に集中できなかった。

鳳璋様は、まだだろうか? 早く、会いたい。会って、あの温かい気に包まれたい。

テーブルに頬杖《ほおづえ》をつき、斎は鳳璋に想いを馳せる。

鳳璋の顔も、声も、大好きだった。だが、何より斎が惹かれてやまないのは、鳳璋の放つ、気そのものだった。

「……会いたい」

斎の唇から、想いが言葉となってこぼれ落ちる。

もし、この世界にスマホや携帯があったら、鳳璋様に「今すぐ会いたい」と相手の都合も考えずに、思いのままにメールを送ってしまいそうだ。

恋する切なさにため息をついた時、斎が鳳璋の気を捕らえた。

近づいてくるに従い強まってゆく気に、気がつけば斎は椅子から立ち上がっていた。

扉が開き、鳳璋が姿を現した時、斎は部屋の入り口のすぐ近くにたたずんでいた。

「斎か。おまえが俺を出迎えるなど、どういう風の吹き回しだ」

「鐘先生から教わっていたことを、ここで復習していただけです」

「そうか。斎は勉強熱心だな。さすがは異界の仙道だ」

鳳璋に褒められて、嬉しさに斎の頬が薄紅に染まる。そうして、斎はうつむきながら鳳璋の夜着の袖をそっと引っ張った。

「なんだ？」

「早く、寝室に行きませんか？」

斎としては、鳳璋が一日働いて疲れているだろうから、少しでも早く休ませたいという心遣いのつもりだった。

けれども、斎の仕草や声に鳳璋を慕う心がどうしようもなく滲み出て、なんともいえない色香が漂い、艶めいていた。

鳳璋様は、きっと豪快に笑って俺の肩を抱き、そのまま寝台へ向かうだろう。

そう斎は思っていた。しかし、鳳璋からのリアクションはない。

無反応をいぶかしみ、斎が視線を上げると、呆《ほう》け顔で鳳璋が斎を見下ろしていた。

「驚いた。おまえの方から俺を閨に誘うとは」

この言い方……もしかして、鳳璋様は俺が、セックスしようと誘ったと思ってる!?

一瞬で斎の全身が熱くなった。

「ちっ、違……。違います！　ただ、俺は鳳璋様が疲れているんじゃないかと思って……。明日も早いし、だから……その……誤解です。変な想像をしないでください！」

涙目になって斎が弁解すると、鳳璋がゆっくりと瞬きした。

「わかった、わかった。おまえがかわいらしい仕草をするから、ちょっとからかっただけだ。斎が俺と性交したいと思うはずがないからな」

「そうです！　絶対に鳳璋様となんか、したくないですから!!」

恥ずかしさのあまり、斎は真意と真逆のことを言ってしまう。

しまったと思うと同時に、斎は目をつぶっていた。

目を閉じるとともに、斎は鳳璋の気を探っていた。いや、見えないだけに強く感じてしまった、というのが正解だった。

揺るぎないはずの鳳璋の気が、揺れていた。晴天の日に、一瞬だけ太陽に雲がかかり、ふっと視界が暗くなる。そんな印象の揺らぎ方だった。

「……鳳璋様？」

「どうした、斎？」

目を開けた斎の目に映った鳳璋の表情は、いつも通りの朗らかなものであった。

鳳璋様の表情に特に変なところはない。けれど、気に変化はあった。もしかして、鳳璋様に対して、まずいことを言ったのだろうか？

「――いえ、あの……すみません。キツく言いすぎました」

「気にするな。俺が最初にからかったのが悪かったのだ。だが、ここ以外の場所では、口にするなよ。おまえは、公には俺の愛妾ということになっているのだからな」

そう言って、鳳璋が一歩足を踏み出した。斎の横を通り抜け、寝室へ向かって歩いてゆく。置いていかれた斎は慌てて後を追った。

鳳璋が上掛けの中に潜り込む。それも、斎が寝るスペースに背を向けて枕に頭を預けた。

なんだか布団に入りづらい……。やっぱり鳳璋様は怒っているのだろうか。

斎は寝台の横に突っ立ち、鳳璋の背中を見つめていた。

「どうした。いつまでそこにいるつもりだ？」

なかなか寝台に上がらない斎に、鳳璋が声をかける。しかし、斎の足は根が生えたかのように重く、動けずにいた。

「本当は、俺と寝るのも嫌なのか？」

「いいえ」

「ならば、早く床に入れ。……まったく、おまえは面倒臭いな。俺に懐いてきたかと思えば、そうやって近づくのも嫌がるのだから」

そうまで言うならば、こっちを向いてくれればいいのに。

斎はそっと息を吐く。そして、寝台に上がり布団の中に潜り込むと、鳳璋の背中に抱きつくように密着した。

「……鳳璋様に触るのは、嫌いじゃないです。温かくて、安心します」

そして、心臓がどきどきする。幸せなのに、幸せだからか、胸が苦しい。

一日のうち、鳳璋に確実に会えるのは、この眠る前のひとときだけだ。その貴重な時間を、斎は全身で味わうつもりでいた。

衣擦れの音がしたかと思うと、鳳璋が寝返りを打った。

「おまえという奴は……かわいいことを言ってくれる」

甘い声で囁くと、鳳璋が腕を伸ばして斎の体を抱き寄せる。

「これくらいのことならば、いくらでもしてやろう。まったく……。斎は本当に甘えるのが下手だな」

「すみません」

なんやかんや言って、甘やかしてくれる鳳璋の優しさが、斎は嬉しかった。

今ここにある幸せを噛みしめながら、斎は鳳璋をそっと抱き返す。

そしてふたりは愛し合う恋人同士のように、どちらからともなく手を握り、指を絡め、身を寄せ合って眠りについたのだった。

翌朝、鳳璋《ほうしょう》の身動きする気配で斎《いつき》は目覚めた。

宮殿の瓦《かわら》を叩《たた》く静かな雨音に混じり、かすかに衣擦《きぬず》れの音がしたかと思うと、目を閉じたままの斎の頬《ほお》に温かいものが押し当てられた。

……え？

一瞬、指で触れられたのかと思ったが、熱い息が頬を掠《かす》める感触に、それが鳳璋の唇だとわかった。

俺の頬に、鳳璋様が……キスした？

いっきに斎の眠気が覚めて、心臓が大きく脈打つ。

鳳璋は軽く口づけた後、斎の頬や髪を愛《いと》おしげに撫《な》で続ける。

くすぐったい。でも、気持ちいい。

柔らかな愛撫《あいぶ》の間、斎はつい笑いそうになる顔を必死で引き締め、全力で寝たふりをしていた。

斎が目覚めたとわかったら、鳳璋は愛撫をやめる気がしていた。

少しでも長く、この時間が続けばいいと斎は切に願う。しかし、迎え役の女官が廊下から鳳璋に『お時間です』と、声をかける。

「……今、行く」

名残惜しげな鳳璋の声がしたかと思うと、温《ぬく》もりがゆっくりと離れてゆく。

鳳璋は夜着を整えると、静かに寝室から出ていった。

「…………はぁ」

完全に鳳璋の気が景仁宮《けいじん》から消えたのを確認して、斎が声を出して息を吐いた。

鳳璋の唇が触れた部分が熱く感じている。

ここに、鳳璋様の唇が触れた……。

そう考えただけで斎は甘く柔らかな幸せに心が満たされ、自然と頬が緩んでしまう。

鳳璋は一晩中斎を抱えていたのか、今までで一番、残り香が強い。

愛する人の薫りと温もりの残る寝台で、斎は春鶯《しゅんおう》が声をかけるまで、小さな幸せにうっとりと浸った。

それから、身支度を整え朝食を終えた斎は、春鶯に昼食を雲霞宮《うんか》に三人分運んでもらうよう頼み、鐘《しょう》のもとへと向かった。

今日の衣装は、淡い水色の絹地に鳳凰《ほうおう》が舞う文様が刺繍《ししゅう》で描かれた物で、今までの中で一番ユニセックスな――つまり、女物から遠い――袍服《ほうふく》であった。

いつも、こういう服だといいのに。

そう心の中でぼやきながら、斎は雲霞宮にある鐘の部屋へ足を踏み入れた。

「おはようございます」

「おお、斎殿」

その時、鐘は手にした冊子を采和《さいか》とともに熱心に読んでいるところだった。

ふたりの顔はどこか強《こわ》ばり、そこはかとなく緊張感を漂わせていた。

「どうしましたか？」

斎の問いかけに、鐘が口を開いた。

「中尉の知り合いが、異界人についての報告書を貸してくれたのだよ。内容については、くれぐれも内密に……と言ってな」

「内密……？　異界人の情報は極秘文書か何かなのですか？」

「そうでもあるし、そうでもないと言える。隠蔽《いんぺい》されていた事実がここに書いてある。王も宰相も与《あずか》り知らぬ、とも申しておった」

話がどんどんキナ臭くなり、斎は軽く眉《まゆ》を寄せた。

「……それはまた、随分物騒な話ですね。そのような極秘情報を、王の妾《めかけ》で異界人の私が知ってもよろしいのでしょうか？」

斎は報告書に対して強烈な好奇心を抱いたが、それ以上に、危険な臭《にお》いがすれば慎重に距離を置く術士の習性が頭をもたげた。

目に見えぬ異形の妖《あやかし》と国家の暗部と。危険という意味では、同じことだ。力なき者がうかつに触れて、無事でいられるわけがない。

「ふむ……。それについては、儂《わし》もまだ、判断がついていない。まだ、この報告書のすべてを読んだわけではないのでな」

「どういうことです？」

「簡単なことよ。真実、隠しておくべき内容ならば、知人が報告書を持ってくるはずがない。機密部分のみ抜き取って渡すことも可能なのだからな」

「つまり——この内容を、私を通じて王にのみ、知らしめたい、と？」

「察しがいいのう。儂も、そういうことだと思っておる。今後、こういうことも増えるやもしれん」

　それはつまり、鐘を窓口にして斎、そして王へと、内々に伝えたい情報を持ち込む人間が後を絶たなくなる、ということだった。

　道士だけあり、世俗の生臭さを嫌う鐘には、厄介事以外の何物でもないだろう。

「……申し訳ありません。私が弟子になることで、鐘先生を難しい立場に置いてしまいました」

「気にするでない。王宮に仕えておれば、このようなことはままあることよ」

　そう応じる鐘の表情はあくまでも柔らかい。好々爺《こうこうや》にしか見えない鐘だが、これまでの人生で幾たびも修羅場を経てきたと思わせる落ち着きだった。

「さて、斎殿も事情を呑《の》み込んだようだし、報告書を読むとしよう」

鐘の言葉に、斎と采和がテーブルに着いた。報告書を采和が読み上げるのは昨日と同じだが、その声は低く小さく、また、斎の筆写も禁じられた。

重要なことは、すべて頭に叩き込む。

そう覚悟すると、斎の精神がピンと張り詰め、自然と臨戦態勢になった。

しばらくは、他愛《たわい》のない報告が続いた。

異界人が来た場合、斎も飲んだあの薬を飲ませ、言葉が通じるようになると、境界に連れていき、そこに足を踏み入れるように促し、元の世界に帰す。

日付と異界人の氏名、年齢、性別以外、判で押したように同じ内容ばかりだ。

問題は、異界へ行き、戻ってきた夏華《かか》の人々の記録であった。

「……異界に行くと、身が変じた。人ではない、別の何かに姿が変わった」

「——!?」

采和の読み上げた内容に、斎が鋭く息を呑んだ。

人ではない、何か……。もしや、山怪……?　いや、まさか。

斎は自分に深手を負わせた山怪を思い出すが、即座に否定する。もし、それが事実だとすれば、そこから導き出される結論を、とても受け入れられなかったからだ。

「斎殿、どうしたかな?」

「なんでもありません」

　血の気が引いた顔で答える斎に、鐘は思慮深げなまなざしを向けるが、それ以上は何も問わなかった。そして、仕草で采和に続きを読むよう促す。

「体の大きさは変わらなかったと思うが、両手に翼が生え、体も羽毛に包まれた。顔は元のままのようであったが、そんな姿では、とても人とは言えない」

　報告書に書かれた内容があまりにショッキングだったのか、読み上げる采和の声が上擦り、わずかに声が高くなった。

　斎はといえば、全身から血の気が引いていた。

　――嫌だ、これ以上、聞きたくない――

　心臓が大きく脈打ちながら、口から飛び出してきそうになっていた。心が揺れて、今にも叫び出しそうなほど、感情が恐慌をきたしている。

　采和がいったん言葉を止め、紙をめくると、再び報告書を音読しはじめる。

「異界人と思われる者が襲ってきた。殺されると思った瞬間、爪《つめ》が伸び、刃《やいば》のように鋭くなった。異界人どもは妙な術を使い体が動かなくなったが、なんとか逃げのび、幸いにも境界に戻ることができ、こちらに帰ることができた……」

　報告書を最後まで読んだのか、采和が冊子をテーブルに置き、ため息をつく。

「なかなか、衝撃的な内容でしたね。斎殿のいた世界に行くと、姿形が変わる……というのは、私は初耳でした。師父《しふ》はご存じでしたか？」

「いや、儂も知らなんだ。……斎殿は、このことについて知っておったかな？」

「…………」

「斎殿？」

心の耳をふさいでいた斎に、鐘と釆和の会話は聞こえていなかった。鐘に重ねて名を呼ばれ、斎はようやく我に返った。

「……すみません、驚きすぎて、話を聞いていませんでした」

「斎殿は人の身が変じることを知っていたかと、師父はお尋ねになったんですよ」

「知りません。聞いたこともありません」

早口でなされた斎の返答に、鐘と釆和の表情が曇った。期待外れ、と顔に書いてある。

そして、釆和が再び報告書を取り上げ、黙読しつつ頁《ページ》をめくった。

「後は……だいたい、先ほどの報告書と同じような内容ですね。…………おや？」

釆和の手の動きが止まった。そして、冊子の間からふたつ折りになった紙片を取り出す。

紙片を開くと、釆和は斎と鐘にも見えるようにテーブルの中央に置いた。

「ふむ……。日付と人名が書いてあるのう」

「はい。丁未《ていまい》年己酉《きとり》月辛巳《しんみ》日……これは、十日ほど前の日付ですね。嬰睢《えいしょ》……。嬰睢!?

嬰睢といえば、行方知れずとなっている尚書令《しょうしょれい》ではありませんか！」

「尚書令とは、なんですか？」

疑問を口にした斎に釆和が答える。

「簡単にいえば、王の秘書です。国民が王へ訴えたいことがある時は、上奏書を提出する決まりですが、数ある上奏書の中から、どれを上奏し、どれを上奏しないか選別します。また、王が勅令や大赦を発布する際の公式文書は、王と尚書令、両方の印がなければ正式なものと認められません」

尚書令という役職の権能の巨大さに、斎は目を瞠《みは》る。

「大変重要な役職ではないですか。王の耳に何を入れ、何を入れないか決められる上に、王の決定に対して印を押さないことで、拒否権を行使できるのですよね？」

「はい。……ですから、尚書令は官吏の中でも人格が高潔とされている者が任用されることが多いのですが、誘惑も多く……。嬰睢は、尚書令に任命されたばかりでしたが、以前より硬骨漢として知られた人物でした」

「嬰睢という方は、賄賂《わいろ》や脅迫に屈しない人間で、王宮にいる〝誰《だれ》か〟にとって都合の悪い事実を王に知らせる恐れのあった人物だったから消された、と？」

斎が思ったままを口にすると、釆和が気の毒そうな顔でうつむいた。

「斎殿、そう物騒なことを口にするものではない。どこに人の耳目があるかわからない故。だが、ううむ……これは……」

穏やかに斎をたしなめた鐘が、紙片を上擦った声で読み上げた。

「甲辰《こうたつ》年戊辰《ぼたつ》月丙申《へいしん》日、晁緋燕《ちょうひえん》……」

「……っ！」

「なんですって」

斎が息を呑み、釆和が驚きの声をあげる。

鐘が紙片を睨《にら》みつつ口を開いた。

「尚書令に晁妃……確かにふたりとも、敵が多い方たちだった。しかし、儂が冊子を借り受けたのは、中尉府《ちゅういふ》の者からだ。王宮の警護は衛尉府《えいいふ》の管轄。それぞれ、中尉と衛尉卿が責任者なのだ。中尉は大司馬の下につく官で、衛尉は九卿の一。いうなれば、指揮系統が違うというのに」

……警視庁と検察庁の違いのようなものかな？　同じように逮捕権があっても、省庁が違えば犬猿の仲、というのは現代日本でもよく聞く話だ。

斎は、頭の中で中尉と衛尉の関係と問題点を認識し、整理する。

「お妃様《きさき》を誘拐したのが誰であれ、後宮からいなくなったのだから、衛尉府の者が関《かか》わっているはず。それなのに、中尉府の者から借りた資料にお妃様のお名前がある。そして、衛尉府と中尉府は仲が悪く足の引っ張り合いをするはずなのに、手に手を取って悪事を働き、証拠を隠滅するのはおかしい。……そういうことですね？」

斎が低い声で問題点を確認すると、鐘が無言でうなずいた。そして、釆和が若人らしい義憤に燃えた顔を師父に向けた。

「師父に資料を渡した方は、きっとこの件を王だけに知らせたかったのでしょう」

「儂もそう思う。……斎殿、王にこの件についての報告を頼めようか？」

「……はい」

「とはいえ、王もすぐには動けまいがのう。なにせ、勅令を出しても、尚書令が行方不明では、諸官に命令が伝わらないのだからな。わからぬのは、なぜ異界人の報告書に、宮殿からの行方不明者の名を書いた書きつけを挟んだのか、ということよ……」

鐘は、このふたつの件は、まったく別個のものと捉《とら》えているようだった。

しかし、斎にはこのふたつの関連性が、うっすらとわかっていた。

俺たちの世界に行き、邪魔者を境界から離れた場所に置き去りにする。山怪《さんかい》となった夏華人は、手嶋《てじま》一族によって山怪として退治される。遺体は、手嶋一族の者が秘密裏に始末していたから、死体が見つかることもない。

手嶋一族の活動を知っていれば、これは邪魔者を始末する最上の手段であった。

いや、まさか……。そんなはずない。俺が、夏華の人を殺す手助けをしていたなんて。

絶対に、あってはならないことだ。

斎がそう心の中で結論づけた時、軽やかな足音がして部屋の扉が開いた。

勢いよく開いた扉に、すかさず鐘が書きつけを袖にしまい、采和が冊子を懐に入れた。

「これはこれは、王子様方。このような場所になんのご用でいらっしゃいましたかな」

訪問者の顔を見た鐘が、そう言いながら床に膝《ひざ》をついた。采和も同様に膝をつき、斎も慌ててそれに倣う。

突然、王子たちがやってきたことで、斎の心臓は早鐘のように心音を刻んでいた。

一瞬だけ目に入った年若い少年ふたり。彼らは鳳璋の息子である。

いずれ会うかもしれないと思ってはいたが……こんなに早くだなんて。

心の準備ができておらず、ただただうろたえる斎の耳に、ハイトーンの声が響いた。

「もちろん、景仁宮に住まうお方に会いにだよ。初めまして、私は朱豊《しゅほう》国の第一王子、鳳《ほう》聖《せい》といいます。異界よりお越しになった賓客よ、お名前を教えていただけますか？」

鳳聖は、声音に似合わない大人びた口調で斎に語りかける。まるで大河のようにおおらかな気には、敵意や害意というものが、まったく含まれていなかった。
「藤岡《ふじおか》斎です」
「斎殿とおっしゃるのですね。ここは非公式の場、そうかしこまらずに顔を上げてくださ
い。もちろん、鐘道士とその弟子もです」
鳳聖の言葉に、緊張した面持ちで斎が顔を上げた。するとそこには、六人の従者を従え、
豪華な衣装を身に纏《まと》った、鳳璋によく似た顔だちの十一、二歳の少年の姿があった。
鳳璋様が太陽ならば、この少年は大海だな。
斎は、江輝相映《こうきそうえい》という言葉を思い出していた。海や川に太陽の光が照りつけ、キラキラ
と輝いている様という意味だ。
鳳聖は、興味深そうに斎の顔を見ていたが、ややあって破顔一笑した。
「父上はこのところふさいでおりましたが、あなたがやってきてからずっと上機嫌なので
す。父の無聊《ぶりょう》をお慰めくださいまして、ありがとうございます。斎殿」
年に似合わぬ練れた言葉に斎が面食らい、そして礼に対してなんと返せばいいのか、必
死になって言葉を探した。
「――どうしましたか、斎殿？」
「いえ……。てっきり王子様方には、私は目障りな存在かと思っておりましたから、過分

なお褒めの言葉を賜り、正直、驚いております」

結局、斎は思っていたことをそのまま口にした。

「目障りなどではありません。王が妻を複数持つのは当たり前のことです。……ただ、男性なのには、少々驚きましたが」

利発な王子が笑顔を浮かべ、斎もつられて微笑《ほほえ》みかける。その時、従者の陰から、甲高い少年の声が響いた。

「僕は、おまえなんか認めない！　お父様の妻は、お母様だけだ!!」

顔を真っ赤にした少年が、斎を睨みつける。少年は、鳳聖と似た衣装を着てはいたものの、顔立ちは鳳璋には似ていなかった。

もっと全体的に線が細く、造形という点からすれば、この少年が一番整っていた。成長した暁には、際だった美貌《びぼう》の持ち主になるであろうと、斎にも簡単に想像できるほどに。

おそらく璋鵠《しょうこく》様は、お妃様似に違いない。

男の子ですら、この美しさだ。女性の緋燕ならば、尚更であろう。

鳳璋の心をしっかり捕らえたままの緋燕が際だった美貌の持ち主であることを再確認し、斎は悲しくなる。

「璋鵠、やめないか」

双子の片割れを鳳聖が制止する。しかし、それは璋鵠の憤りを爆発させてしまう。

「鳳聖もお父様も、どうかしている！　お母様がいなくなってまだ三年しか経ってないというのに、次の相手だなんて……」

「もう三年も、だよ。それに、元々お父様のお相手がお母様ひとりということの方がおかしかったんだ。後宮にある宮の数だけ、お父様は妻を迎えていいんだから」

今にも泣き出しそうな顔をした璋鵠に、鳳聖が道理で返す。しかし、璋鵠は納得できないという顔で、斎を睨み続けていた。

この年頃の少年ならば、璋鵠の反応の方が自然だ。鳳聖は、王子としては完璧《かんぺき》であろうが、こどもとしては出来すぎなのである。

一途《いちず》に母を慕う少年の姿は、ある感慨を斎に抱かせた。

――あぁ、この王子は、なんて鳳璋様に似ているのだろう――

外見は似ていなくとも、性質の方は璋鵠様の方が鳳璋様に似ている。お妃様へかける想いの強さとその質は、特にそっくりだ。

炎を思わせる璋鵠の気を感じながら、斎は内心でそうひとりごちる。

「璋鵠様。鳳璋様は、今でも深くお妃様を愛しておられます。私を迎えたのは、そう――たまたま保護した傷ついた珍しい鳥を愛《め》でるようなもの。珍しいが故に寵愛《ちょうあい》しておられますが、真実の愛とはほど遠い感情です。ですから、ご安心なさってください」

璋鵠をなだめるためとはいえ、半ば以上本心で斎が璋鵠に語りかける。すると、今度は鳳聖が口を開いた。

「しかし、斎殿。父王は、本当にあなたを迎えてから明るくなられたのです。父王は、斎殿を好きなのだと思いますが」

鳳聖様、鳳璋様は確かに私を寵愛してくださいますが……それはあくまでも表面上のこと。他の女性を妻に迎えないための、方便なのですよ。

そう心の中で答えながら、斎は早熟で利発な王子を見た。それから、もうひとりの情愛深い王子に視線を向けた。ふたりを見ているだけで、斎の胸が切なく痛む。

いうなれば、王子たちは鳳璋と緋燕の愛の結晶だ。そもそも鳳璋が斎を妾にするという奇手に出たのも、このふたりの立場を守るためなのだ。

王子たちを見ているのは、つらいな。俺は余所者《よそ》で邪魔者だと嫌でも感じてしまう。

「鳳璋様は、とても愛情深い方ですから、私のことも気にかけてくださるのです」

鳳聖の問いから微妙にずれた答えを返しつつ、斎が微笑んだ。その笑みが寂しげなものになるのは、どうしようもなかった。

璋鵠が斎にうろんげなまなざしを向け、何か言いたげに口を開いた時、廊下の方から騒がしい声とともに、鳳璋の気が近づいてきた。

「……鳳璋様」

鳳璋の気を感じた瞬間、反射的に冬の寒い日に太陽の光を浴びたような、なんともいえない安心感が湧《わ》いてくる。

しかし、それは一瞬のことで、王子ふたりがいる前で鳳璋を迎える状況に、斎が表情を強ばらせた。

「小鳳、小璋、おまえたち、なぜここにいる！」

事前に王子ふたりが雲霞宮を訪問したことを聞いていたのか、鳳璋は登場するやいなや、王子ふたりに叱責《しっせき》の声をあげた。

鳳聖は堂々と、璋鵠は鳳聖の後ろに隠れながら父親を出迎える。

「父上、僕たちは、景仁宮の主《あるじ》に会いに来ました。雲霞宮への出入りは禁じられておりませんし、僕たちが咎《とが》められる謂《い》われはないはずです」

堂々と正論を述べる息子に、鳳璋が眉を寄せた。してやられて不愉快そうだが、感情を害した気配はない。

「おまえたち、斎に余計なことを言って困らせたのではあるまいな」

「困らせてなどおりません。僕たちは、お礼を言っただけです」

さりげなく鳳聖が璋鵠を庇《かば》う。鳳聖の意を汲《く》み、斎も一歩前へ出て口を開いた。

「おふたりとも、私にご挨拶《あいさつ》をされただけです。突然のお越しに驚きましたが、困りなどしていません。ご両親思いの優しいお子様方だと感心しておりました」

鳳璋が斎に疑わしげな視線をやり、次に王子たちを見やった。

「……今回は、そういうことにしておいてやろう。だが、王子が父王の妾に許しも得ずに会うのは、――たとえ加冠前とはいえ――余計な詮索《せんさく》を生む元だ。今後は自重するように。さあ、用事が済んだのなら早く自分たちの宮へ戻るのだ。おまえたちの教育係が、真っ青な顔をしていたぞ」

従者らとともに王子ふたりが廊下に出ると、改めて鳳璋が斎に向き直った。

「――おまえには、要《い》らぬ迷惑をかけたな。璋鵠がおまえに暴言を吐いたのではないか？」

「いいえ」

「だったら、どうしてそう浮かぬ顔をしている」

鳳璋が無造作に手を伸ばし、斎の頤《おとがい》を人さし指で持ち上げる。

まるで、恋人にするような仕草に、斎の頬が赤らんだ。大好きな人に、こんなふうに親愛に満ちた態度を取られて、嬉《うれ》しくないわけがない。

「璋鵠様が、あまりにもお美しいので……お妃様も、さぞやお美しい女性だったのでは、と思いまして」

「嫉妬《しっと》か？」

まんざらでもないという顔をして鳳璋が返す。

「嫉妬ではありません。……ただ、少し気になるだけです」

後宮に妻を何人も娶《めと》り、それ以外にも女性に手を出し放題の立場にある鳳璋が、ただひとりの女性と思い定めた人なのだ。気にならないはずがない。

うつむいた斎の肩に鳳璋が腕を回した。温かい手が肩を摑《つか》み、斎の体を引き寄せる。

「そうしょげた顔をするな。王子たちの無礼のわびに、今から緋燕の似姿を見せてやる」

優しいのに艶《つや》めいた声が囁《ささや》く。甘くスパイシーな香りに包まれて、鳳璋の温もりを感じると、斎が悲しみも忘れて恍惚《こうこつ》となった。

たったこれだけのことが、こんなに幸せだなんて……。

機嫌の直った斎の肩を抱いたまま、鳳璋が足を一歩踏み出した。

「鐘道士よ、しばらく斎を借り受ける。講義の続きは、また後にしてくれ」

「……かしこまりました」

王子らがやってきてからは、完全に傍観者となっていた鐘と釆和が、慌てて頭《こうべ》を垂れた。

部屋を一歩出ると、通路には鳳璋の従者が、ずらりと並んで待っていた。

「これから、永寿殿《えいじゅでん》へ行く」

従者たちに告げると、鳳璋は斎とともに歩き出した。

「永寿殿……？」

初めて聞く建物の名を、斎がいぶかしげにつぶやく。すると鳳璋が斎の耳元に顔を寄せ、低く小さな声で語りはじめた。

「俺の寝室だ。本来、王は自分の妻を永寿殿に呼びつけて夜伽《よとぎ》を命ずるのだ。寝室では、寝床の中であっても、官人が傍《そば》に控えていて常に監視している。……おまえを永寿殿に呼べば、していないことが翌日には王宮中に広まるだろう。だから俺が景仁宮へ行くのだ」

「王様というのは、大変ですね。秘め事すら他人に知られてしまうとは」

「もう慣れた。……だが、俺が緋燕に拒絶された理由のひとつがそれであった。王族や貴族、高官の子女ならば、それを当たり前だと幼い頃から教え込まれるが、緋燕は下級官吏の娘であったからな。その感覚が新鮮で、俺はいっそう緋燕に夢中になったのだが」

緋燕の話をする鳳璋の顔は、とても嬉しげであった。

お妃様との思い出はすべて、鳳璋様にとってとても良いもので、心が温まるエピソードに満ちているのだろう。

そんなふうに斎が思うほど、鳳璋の表情は生き生きとしていた。

胸奥をチリチリと嫉妬の炎が焦がし、斎は身の置きどころのない感情を必死で堪《こら》える。

雲霞宮を出ると、従者がすかさず鳳璋と斎に巨大な絹張りの日傘をさしかける。

そこから百メートルほど歩き、永寿殿に到着した。

永寿殿は、門からして景仁宮よりずっと豪華だ。門全体が朱に塗られ、扉には極彩色の彩雲や鳳凰が描かれている。

門をくぐると、たくさんの人の視線を感じた。柱の陰や窓など、そこここから、強いまなざしが矢のように斎に刺さる。

俺への敵意ばかりだな。気で気配を探るまでもない。

斎は悪意の気を感じながら、気の防御壁を張った。こうすれば、邪気は相手に返る。いわゆる、人を呪《のろ》わば穴ふたつ、の簡易日常版だ。

斎はそれを意識して行っているが、気を扱える人間でなくとも、生まれつき気や守護の強い人間でも同様の結果が生じる。気の世界では、そういう道理になっているのだ。

永寿殿に入ると、鳳璋は斎を書斎と思《おぼ》しき部屋に案内した。

大きな机に椅子《いす》、そして棚には古びた巻物や冊子が並んでいる。

本棚は磨き込まれ、塵《ちり》ひとつない。その他の調度品は、漆塗りに金箔《きんぱく》がほどこされた手の込んだ逸品ばかりで、白磁の大きな壺《つぼ》や玉石製の彫刻が所狭しと部屋を飾っていた。机の上に載った硯箱《すずり》ひとつにしろ、金箔地に七宝焼きと宝石がはめ込まれた極上品――いや、美術品――で、ため息をつかんばかりの美しさであった。

鳳璋は、贅沢《ぜいたく》な書斎に目を丸くする斎を、絹の帳《とばり》のかかった壁の前に立たせる。大きな手が絹布の覆いを横にのけると、椅子に腰かけた女性の全身像が現れた。

「これが、緋燕だ。行方不明になる少し前に描き上がったものだ」

愛しげな声とまなざしを鳳璋が肖像画に向ける。鳳璋の愛情は、斎より似姿の緋燕の方へ、ずっと深く大きく注がれているように感じた。

「……」

眉をひそめて斎が緋燕の似姿へ視線を移動させた。

絵は、ほぼ等身大の巨大な物だが、とても写真のような……と言えない作風だ。それでも、この絵のモデルとなった女性の際だった美貌が、それに感嘆し少しでも画布に写し取ろうとした画家の努力により、術者である斎にはくっきりと伝わってきた。

赤い絹布の衣装の下に息づく豊かな胸に、細い腰。

艶やかでたっぷりとした黒髪に幾本もの簪《かんざし》が花を添えていた。白磁のように白い肌。目尻は少々吊《つ》り上がっているが、これはかっちりと結い上げた髪型のせいであろう。

紅を差した唇は形よく、モナリザのように神秘的で魅力的な微笑を浮かべている。

顔立ちこそ璋鵠に似ているが、絵画から漂う溢《あふ》れんばかりの母性や慈愛、何より鳳璋の愛を一身に受けているという自信が、息子を上回る魅力を放っていた。

豊穣《ほうじょう》の女神のような緋燕の肖像を見ているだけで斎はつらくなり、顔を背けようとした。しかし、その寸前、緋燕の挿していた簪のうちの一本が目に止まる。

花の形の珊瑚《さんご》が咲く枝に、小鳥が留まっている、凝った意匠の簪だ。エナメルらしき青地で縁は白。その形が、斎の記憶を揺さぶった。

――これは、師匠と相討ちになった、山怪がしていた簪では!?――

先ほどとは違う意味で目を開き、斎が簪を凝視する。

見れば見るほど、そっくりだ。枝の数も、小鳥が留まる枝とその位置も、銀の葉に落ちた滴を表す真珠の数も場所も、花の数、花びらの形、枚数、小鳥の目に嵌《は》まった石の色までもが同じだなんて……。

まさか……まさか、まさか。師匠を殺した山怪が、お妃様……なのか？　しかし、お妃様が行方不明になったのは、三年前。師匠が亡くなったのは一年前だ。

その間、約二年。……きっと、あの山怪とお妃様は、別人だ。ほとんどありえない偶然だが、たまたまこの簪と同じ簪を挿した女が、夏華から迷い込んだに違いない。

必死で斎は、最悪の結果を否定する。

鳳璋が一番愛した人は、もう死んでいる。しかも、殺したのは斎の師匠。そして、その山怪狩りには斎も参加していて、緋燕殺害に関与していた。

こんな可能性を、認めるわけにはいかなかった。これが事実としたら、それを知った鳳璋は、斎を憎み、罵倒《ばとう》し、疎んじ、遠ざけるに違いない。

鳳璋に憎まれると想像しただけで、斎の全身から血の気が引いた。

「どうだ、俺の妃は美しいだろう？」

すぐ後ろから、鳳璋が自慢げに話しかける。しかし、鳳璋の声は、遠く、朧《おぼろ》げだった。

「……おい、斎。返事くらいしないか」

斎の肩に鳳璋が手を置き、軽く揺さぶる。その弾みで斎の体から力が抜けて、その場に崩れるように膝をついた。

「どうした、斎？　……顔色が悪いな。寝室で横になるといい」

「いいえ、大丈夫です。大丈夫ですから……」

今、この瞬間だけは、鳳璋から離れたかった。鳳璋から距離を置き、ひとりになって情報と感情を整理したかった。

しかし、鳳璋は斎を軽々と抱き上げ、永寿殿の深奥——寝室——に運び込んでしまった。

鳳璋が斎を寝台に寝かせると、すぐに女官が水差しと杯を持って寝室に入ってきた。鳳璋が何も命じていないにもかかわらず。

それは、鳳璋と斎のふたりしかいないはずの書斎のどこかで、密《ひそ》かにふたりの様子をうかがっていた者がいたという、この上ない証左であった。

「冷たい水だ。飲むか？」

「いいえ……」

力なく頭を振り、斎が目を閉じた。鳳璋は寝台に腰を下ろすと、斎の頬に手で触れた。

「貧血か？　それとも元々体調が悪かったのか？　いや、おまえは異界からここに来たばかり……馴《な》れない環境では気疲れもするか。俺の配慮が足りなかった。すまなかったな」

頬に触れる手から、体温とともに気遣う想いが伝わってくる。

慈雨のように優しい気が降り注ぐと、緋燕の件で心が弱っていた斎は、倒れた原因を、正直に口にしてしまう。

「いいえ、鳳璋様のせいではありません。ただ……簪が……」

「簪？」

いぶかしげな声で返されて、斎の顔色が変わった。

しまった！　簪のことは、黙っていればよかったんだ。俺がお妃様の殺害に手を貸したはずがないんだから、余計なことを口にする必要はなかったのに。

「なんでもありません。本当に、何も。ただ、綺麗《きれい》な簪だと思って……」

「女性用の装飾品に興味があるのか？　では、おまえのために、ひと揃《そろ》い用意させよう。斎は、どの簪が気に入ったのだ？」

「え？　あ、あの……。どれでもいいです。そうではなくて、装飾品なんて要りません。俺は男ですし、簪を挿すほど髪も長くありませんし」

半泣きになりながら、斎が震える声で答える。

早く、この話題を終わらせてしまいたい。

斎の頭の中はそれだけで占められており、一瞬一瞬が間延びしたように長く感じた。

そのすべての瞬間で、心臓にやすりをかけられたような嫌な感じがしていた。急激に過大なストレスがかかった斎は、追い詰められ、余裕がなくなってゆく。

「遠慮するな。髪など、いずれ伸びる。おまえは長髪も似合いそうだし、景仁宮で着飾る分には問題ないだろう」

鳳璋が甘く優しい声で斎に語りかける。

「その話はやめてください!!　小鳥の簪の話なんか、聞きたくもない！」

いつまでも簪の話を続けそうな鳳璋に、斎の限界が訪れた。

悲鳴のような斎の声に、鳳璋が眉を寄せた。

「小鳥の簪……？　あれは、俺が緋燕のために作らせた特注品で、この世にあれと同じ物はふたつとない。おまえは、あれが欲しいのか？」

鳳璋の言葉が示す真実に、斎の中で何かが音をたてて壊れた。

じゃあ、俺が……お妃様を、殺したと……そういうことなのか……？

真冬の海に投げ出されたように、みるみる斎の体が冷たくなり、雷鳴のように「違う！」という単語が頭の中で轟《とどろ》いた。

「……どうした、斎」

いつの間にか斎の体は小刻みに震えていた。

叫び出したいような泣きわめきたいような、激しい衝動を抑えるのに斎は必死だった。

体を震わせる斎を、鳳璋が考え込むように見つめていた。鳳璋の視線を受け留めることさえつらくなり、とうとう斎はあからさまに顔を背けた。

「あの簪は、緋燕が一番気に入っていた品で、行方不明になった日も髪に挿していた物だ。……まさか、あの簪について、何か知っていることがあるのか？」

「知らない！　俺は、何も知りません!!」

固く目を閉じ斎が否定する。しかし、鳳璋はそれを肯定と受け取ったようだった。

斎の頰を大きな手が摑み、強引に鳳璋の方へ顔を向けられてしまう。

「知っているんだな。斎、おまえの知っていることをすべて話すのだ」

烈火のまなざしが斎の顔を捕らえ、強い意志の宿った声が無慈悲な命令をする。

そんなの……言えない。言えるはずがない。俺が、お妃様の仇だなんて。言ったら、鳳璋様に嫌われてしまう。

絶対に言わないという覚悟で、斎は唇を引き結ぶ。

「言わぬ気か？」

冷ややかな声が鳳璋の口から放たれたかと思うと、鳳璋が指を鳴らした。間髪容《い》れず、斎が頭を委《ゆだ》ねていた枕《まくら》が粉々に砕け散る。

「早く喋《しゃべ》らぬと、次は、おまえの頭が吹き飛ぶことになる」

息を呑んだ斎に、畳みかけるように鳳璋が脅しをかけた。

言わなければ、死。しかし、言えば鳳璋に仇として憎まれる。最悪、妃殺しの重罪人として処刑されるだろう。

どちらにしても、死ぬかもしれない……。ならば、何も言わずに、鳳璋様に殺されるのが、一番マシだ。

俺は、仇として鳳璋様の記憶に残るより、最後まで王に逆らった大馬鹿者の道を選ぶ。

これなら、鳳璋様は俺のことを憐《あわ》れむなり悲しむなりしてくれるだろうから。

「ならば、殺してください。今すぐに」

初めて鳳璋に抱かれた時と同じ言葉を斎が口にした。

あの時は、ひとりぼっちの自分に生きている価値はないと自暴自棄になっていたからだ。今は違う。自棄になっているのは同じだが、鳳璋に嫌われたくないという恋心からだ。

「おまえは……。まだ、自分の命に価値がないなどと思っているのか？　おまえが死ねば、鐘も弟子も悲しむ。俺だって、おまえを無下に殺したくはない」

でも、俺が真実を話したら、あなたは俺を躊躇《ちゅうちょ》なく殺すでしょう。

苦しげに歪《ゆが》んだ鳳璋の顔を見つめながら、斎はそんなことを考えていた。

死を覚悟した斎の顔を見て、鳳璋が舌打ちをした。

「おまえという奴は、虫も殺さぬようなおとなしげな顔をしているのに、どうして俺に逆らってばかりなのだ。しょうがない。意には染まぬが……無理やりにでも、聞き出す」

強い意志を感じさせる声で言うと、鳳璋が再び指を鳴らした。次の瞬間、斎の衣服が下着まですべて、目に見えぬ刃で切り裂かれた。

突然、素肌に空気が触れて、斎は鳳璋の意図を察した。

最初の日と同じように、鳳璋様は、俺を快楽で屈服させようとしているんだ。

鳳璋から与えられた快感を思い出しただけで、斎はたやすくそれに征服される自分を予想できた。

「やめてください！」

端切れに覆われた体を守るように、斎が胸元を両腕で隠した。

「やめてもいいが、その代わり、簪についておまえの知っていることを言え。…………と言っても、おまえは口を開かんのだろうな。……その目を見ればわかる」

袍服の襟元を広げながら、鳳璋が言い放つ。

緩んだ襟元から鳳璋の鎖骨が見えた。そして、香と鳳璋の体臭と入り混ざった蠱惑《こわく》的な匂《にお》いが漂い、斎の鼻を掠める。

鳳璋の声も、体温も、肌も、匂いも、すべてが斎の官能を目覚めさせる。

ここにいたら、まずい。

その考えだけが斎の頭を満たし、全裸ということも忘れて寝台から飛び降りた。こけつまろびつしながら斎が扉へ向かう。鳳璋はため息をつき、そして指を鳴らした。

「うわっ」

地を蹴《け》っていたはずの足が、空を切り、斎が声をあげた。転んだのかと思ったが、いつまで経っても地面に着地しない。斎の体は、見えない手により宙に浮かんでいたのだ。

その瞬間、斎は恐慌状態に陥り、泳ぐように空中で手足をバタつかせる。

「な、な……。どうして、こんな……」

斎の体が、そのまま水平に移動した。寝台の上に至ると、体を支えていた力が消え、斎は鳳璋の膝の上に落下する。

鳳璋は、いつの間にか襦袢《じゅばん》姿になっており、左手に軟膏《なんこう》の入った瓶を持っていた。

熱気をともなった鳳璋の体に触れた。その途端、鳳璋の気が巨大な圧力となって斎を襲い、抵抗する気力を奪う。

そして鳳璋は軟膏の瓶を傾け、斎の股間《こかん》に中身を落としはじめた。

淡い茂みが淫靡《いんび》な薬で濡《ぬ》れてゆく。縮こまった陰茎は媚薬《びやく》に侵され、表面からじわりと熱くなった。

「嫌だ、こんなの……。嫌です、やめてください」

「やめてもいいが、その後どうする？　自分で自分を慰めるつもりか？　それでおまえのここが、満足するのか？」

斎の耳元に湿った息を吹きかけながら、鳳璋が軟膏を塗った指で窄《すぼ》まりを撫でた。

後孔は、すぐにじんじんと反応しはじめる。

鳳璋は性器にたっぷりと媚薬を注ぐと、斎を寝台に物のように横たえた。

「あっ」

身を起こそうとした斎だが、股間の熱と秘所の疼《うず》きに、膝にも腕にも力が入らない。

鳳璋は大股《おおまた》で寝台横の袖机に向かうと、傲岸《ごうがん》な表情で斎を見下ろした。

「さて、斎よ。おまえは知らぬだろうが、代々の王には、同性愛者も両性愛者もいた。それらの王が、同性と閨《ねや》の密事を楽しむための道具をいくつも作り出していたのだ。永寿殿の役人が新たな妾が男と知り、おまえ用にとそれらの道具を寝室に用意していた。せっかくだし、今日はそれを使うことにしよう」

もったいぶった口調で言いながら、鳳璋が引き出しを開け、中から白い張り型――男性器を模した作り物――を取り出した。男性器にしては細長く、強いていえば蛇に似ていた。

鳳璋は、斎の体を無造作に転がすと、丸く盛り上がった尻肉を摑んだ。

「閨房《けいぼう》での王者の楽しみを、その身で味わえるのだ。光栄に思え」

尊大な声がしたかと思うと、蛇の頭――偽物の亀頭《きとう》――が、窄まりに押し当てられた。

磨き上げられた象牙《ぞうげ》製の張り型は、痛みもなく狭い孔をゆるゆると進んでゆく。

「ん……っ」

斎が声をあげて上掛けを握りしめた。

敏感になった入り口は、張り型が侵入する感触にすら感じてしまう。

「お願いです。これを、早く抜いてください」

尻に奇妙な道具を刺されながら、斎が必死になって訴える。喋っている間にも、媚薬は斎の肉体に浸透し、欲望を昂《たか》ぶらせていた。

「何を言う。本番はこれからだ。この道具はな、尻穴を馴らすための物だが、中は管になっている。根元に当たる部分から、潤滑油を入れると先端から中身が吐き出される……という仕組みだ」

鳳璋が説明しながら潤滑油を張り型に注ぐ。潤滑油は管を通り斎の内奥へ浸入した。

「……んっ」

潤滑油が粘膜を潤し、斎が声をあげた。鳳璋は斎をうつぶせのまま引き寄せると、張り型を円を描くように動かしはじめる。

「……ほら、こうしても痛みはないだろう？　おまけに潤滑油には秘薬が入っている。じきにおまえのここは、こんなまがい物では満足できなくなるぞ」

「え？」

嬉しげな声に斎が顔を上げる。斎のまなざしは、爛々《らんらん》と輝く鳳璋の瞳《ひとみ》を捕らえた。

性欲か、征服欲か、それとも自分に逆らう斎に対する怒りか。もしくは、そのすべてかもしれない。

今、鳳璋は、雄としての本能をむき出しにしていた。

初めての時、俺は酷《ひど》く責められたと思っていた。けれど、鳳璋様は、あれでも手加減していたんだ――。

魂から斎が震え上がる。

しかし、恐怖に浸る暇《いとま》もなく、それを上回る強い快感が体の芯《しん》から生じた。

「ひっ……っ」

体の奥が、発火した……？　いや、まさか。そんなはずはない。だけど……あぁ、熱くて……たまらない……っ。

寝台の上で斎の腰がくねった。内臓から炙《あぶ》られて、斎の肌に汗が浮かぶ。

「薬が効いてきたようだな。熱いだろう？　その熱は、じきに痒《かゆ》みに似た疼きとなる」

嬉しげな声が頭上からかけられたが、斎に聞く余裕などない。

「嫌だ。嫌……。鳳璋様、なんとかして！」

「生憎《あいにく》だが、俺にはどうにもできん」

斎の訴えをあっさり切って捨てると、鳳璋は獲物を狙《ねら》う猛禽類《もうきんるい》の目で、熱をもてあまし悶《もだ》える体を見下ろしたのだった。

ていた。

「はぁ……。あ、あぁ……っ」

よく晴れた昼下がり。まだ日も高い時刻にもかかわらず、永寿殿に斎のあえぎ声が響いていた。

斎の目はうつろで、ほとんど焦点を結んでいない。白い肌は紅潮し、汗に濡れ、股間で淫靡な道具が動くたびに、腰と太股《ふともも》がびくびくと震えていた。

「そろそろ、簪について話す気になったか?」

永寿殿付きの女官に運ばせた酒杯を手に、鳳璋が物憂げに斎に尋ねる。

斎はあおむけで寝かされ、手首と足首、太股と膝下を絹紐《きぬひも》で結ばれていた。おまけに右と左の太股が背中を通した絹紐で繋《つな》がれており、強制的に開脚させられている。

鳳璋は斎の股間が見える位置に腰を下ろし、脇息《きょうそく》に体をもたせかけ、斎の痴態を酒の肴《さかな》に杯をあおっている。

「嫌……嫌だ……。こんなの……」

斎の意識はほぼ快感に呑み込まれているが、ほんのわずかに理性が残っていた。

理由は簡単だ。斎の陰茎には、過去の王が仙道に命じて作らせたという、射精を戒める枷《かせ》が嵌められていたのだ。

術をかけた蔓《つる》植物の種を、尿道に埋めると、瞬く間に成長して陰茎内に根を張る。そうして、勃起《ぼっき》した茎に蔓を這《は》わせ、性器の根元に絡みつくという凶悪な植物だ。

鳳璋の使った道具はこれだけではない。

細長い張り型の代わりに、カリが大きく、竿《さお》の部分が不自然に凸凹した極太の張り型を斎の後孔へ挿入していた。

偽物の男性器は、秘薬のせいで疼く場所には、わずかに届かない。

けれども、鳳璋が指を鳴らすたび、前後に激しく律動し、ねっとりと円を描くように粘膜をかき回しては、斎の性感帯――前立腺《ぜんりつせん》――を、的確に刺激していた。

鳳璋は、しばらく張り型で斎を翻弄《ほんろう》していたが、頃合いや良しと見たか、音をたてて指を鳴らした。

次の瞬間、斎の秘部から偽物の男根が、ゆっくりと抜けていった。異物が粘膜を擦《こす》り、カリの部分が襞《ひだ》を裂かんばかりに押し開く。

「あぁ……、あ。…………っ」

内部を満たす物がなくなると、深奥の疼きがいっそう強まった。

異物を求めてひくつく内壁が、斎を苛《さいな》み、責め立てる。

「あ、いや……。鳳璋様、中が……中に……っ」

斎が肉を満たす物を求めて腰を宙に浮かせて前に突き出した。乱れる斎に鳳璋は平静な目を向ける。

「体が疼いてしょうがないか。……そうだな、簪について知っていることを話すのならば、また張り型を入れてやるぞ?」

「…………」

快感と情報の交換を持ちかける鳳璋を、斎が涙で潤んだ瞳で見返した。

入れてほしい……。この疼きを、なんとかしてほしい。

喉《のど》から手が出るくらい、斎はソレが欲しかった。しかし、ぎりぎりで理性が勝った。

簪のことを喋ったら、鳳璋様に嫌われる。嫌だ。嫌だ。それだけは……絶対、嫌だ!

斎が股間の疼きに耐えつつ首を左右に振ると、鳳璋が舌打ちした。

「まったく、おまえも強情な奴よ。……どれ」

鳳璋が自ら腕を伸ばし、斎を引き上げ、脱力した体を自分の胸にもたせかける。

「おまえが強情を張っている間に、俺も考えたのだが……。斎、おまえがあの簪を見たのは、異界——おまえの元いた世界——でのことだ。そうだろう?」

斎の耳に熱い息を吹きかけながら、鳳璋が優しい声で囁いた。

鳳璋様の……雰囲気が、変わった?

今の斎に鳳璋の気を探る余裕はない。気を探れば簡単にわかることが、わからない。

熱と欲望に追い詰められた斎は、鳳璋が柔らかに接しただけで気持ちが緩んだ。

「答えずともいい。おまえが来た時には、あの簪は行方不明になって久しかったのだ。それ以外の可能性は、ない。……さて、緋燕がここからあちらの世界に行った、となると、畢竟《ひっきょう》、おまえが妖怪退治をしていた山で見つかったということになる」

鳳璋の手が斎の股間に忍びより、淫《みだ》らな草に彩られた性器をしごきはじめた。

「あっ、だ、駄目……。そこは……あぁっ」

大好きな人の手に愛撫され、ただでさえ勃起していたそこが、いっそう硬さを増した。けれども蔓に邪魔されて、斎は射精どころか蜜《みつ》を流すことさえ許されない。

「ん……っ。あっ、あぁ……。痛っ……。苦し……っ」

「そうか。苦しいか。出したいのに出せないのだから、苦しいに決まっている。だが、言えば楽にしてやるぞ。……斎、おまえは、簪を見たことがあるんだろう?」

囁きながらも鳳璋は愛撫を続け、高まる快感により追い詰められて、斎の視界が赤黒く染まった。

快楽と苦痛の入り混じった涙が目尻《めじり》から溢れ、頬を伝う。

それでも斎は、そうだとは言わず、うなずきもしなかった。

「これでも、耐えるか。おまえは本当に我慢強い。……憐れなほどに」

鳳璋が指を鳴らした。すると、手足を縛《いまし》めていた絹紐が、見えない刃に切り裂かれた。

鳳璋は斎の手足を自由にすると、そのまま寝台にうつぶせに寝かせた。

鳳璋は乱暴に斎の尻を摑むと、さんざん異物に蹂躙《じゅうりん》され薄紅に染まった蕾《つぼみ》に、屹立《きつりつ》した楔《くさび》を押し当てた。

「あっ……」

窄まりに雄を感じて、斎の全身がそそけ立った。

肉襞の痒みに似た疼きは、鳳璋によって癒《いや》される。そう期待して粘膜がわなないた。

けれども、鳳璋は窄まりの上を先端で擦るだけで、なかなか入れようとしない。

「鳳璋様、早く……」

焦《じ》れた斎が切羽詰まった声で訴えると、鳳璋が耳元で囁いた。

「そうだな。おまえが、緋燕の簪を異界で見たと認めれば、挿《い》れてやらんこともない」

細長の指が、斎の欲望を煽《あお》るように裏筋を撫で上げる。

「んあっ。……あ、鳳璋様……っ」

「俺にはもう、わかっている。それが事実だということを。ただ、確認が取りたい、それだけなのだ。おまえがすることは、たったひとつ。うなずくだけだ。そうすれば……」

意味ありげな声で言うと、鳳璋が鈴口を襞に押しつけた。

半ば開いた受け口が、赤く充血した肉を美味《うま》そうに呑み込みはじめる。しかし、鳳璋はついと腰を引き、ご馳走《ちそう》を舐《な》めさせるだけに留《とど》めた。

「……っ！」

斎が鋭く息を呑む。粘膜は、瞬《まばた》きする間だけだが、鳳璋の熱を直接感じてしまった。

……もう、いい。どうなってもいい。この人が、欲しい。

ゆっくりと斎が身を捩《よじ》り、鳳璋に顔を向ける。そして、斎はうなずいた。

「そうか……」

噛《か》みしめるような鳳璋の声がしたかと思うと、斎の体がいっきに半ばまで貫かれた。

「うあっ……っ」

のけぞった斎の肢体を、鳳璋が背後から抱き締めた。鳳璋はそのまま斎の腰を引き寄せ、奥深くまで楔で穿《うが》った。

「あぁっ。熱っ……」

淫薬によって蕩《とろ》けた坩堝《るつぼ》が、うねりながら灼熱《しゃくねつ》の棒に絡みつく。

卑猥《ひわい》な目的のために作られた道具より、鳳璋――いや、愛する人――の性器の方が、何倍も斎を昂ぶらせた。

やっぱり、鳳璋様のが、一番だ。これが……俺の一番、欲しかったものだ。

鳳璋と肌を重ねる快感に、斎は夢中になった。鳳璋から放たれる欲望の気に呑まれ、自ら性に溺《おぼ》れてゆく。

おもむろに鳳璋が斎を膝の上に抱き上げた。衝撃とともに鳳璋の竿に串刺《くしざ》しにされ、斎があられもない声をあげる。

「いいっ。……あぁ、すごい。鳳璋様……」

鳳璋が背後から斎の体に腕を回した。ねっとりと汗ばんだ肌を熱い手が撫で回す。

鳳璋に愛撫される幸せに、斎はすべてを委ねた。

煩わしいことを考えるのは、もう嫌だ。

俺は……俺はただ、幸せになりたいだけなんだ。苦しいのも、悲しいのも、もうご免だ。

この瞬間、斎は快感に負けることを選んだ。

一線を越えてしまえば、角砂糖に水をかけたようにあっさりと、斎の理性や判断力が、ぐずぐずに溶けてしまう。肉欲に溺れた斎を、下から鳳璋が突き上げた。

「あぁ……。おまえの中は、どうしてこんな……っ」

苛立《いらだ》たしげに鳳璋がつぶやく。そして、斎の色づいた胸の突起を摘《つま》むと、さらに快感を注ぎ込まんばかりにこねくり回した。

「やっ。あ、あぁ……っ。気持ち、いい……」

あまりにも気持ちよくて、斎の内股に力が入る。すると、孔が狭まり、鳳璋の男根と粘膜が密着した。

「はぁっ……んっ」

「斎、おまえという奴は……。どうしてそう、俺を煽るのが上手いのだ」

柔肉に包まれて、鳳璋の茎は太さを増していた。

自らの熱に駆り立てられたか、鳳璋は斎を寝台に膝をつかせ獣の姿勢を取らせた。

鳳璋が、目を閉じて熱い息を吐く。そして、覚悟を決めたという目をすると、斎の中を肉棒でこね回しながら口を開いた。

「斎よ、おまえはなぜ、先ほど簪を見たことを認めたがらなかった？」

「それは……」

斎が躊躇《ためら》いを見せると、鳳璋が腰を引き、斎の体から手を離した。

「言わぬのなら、もう、やめるぞ。ただし、言えばもっと良くしてやろう」

離れてゆく熱源に、斎の心が悲鳴をあげた。

快楽よりも、温もりが離れてゆく悲しさに、斎は耐えられなかった。

「それは……あの簪が、師匠を殺した山怪の持ち物だったから……です」

「山怪？」

いぶかしげに聞き返したものの、鳳璋は半ばまで楔を入れると、前立腺を責めはじめる。

「あっ、いい。……そこ、そこ……っ。くっ」

性感帯を刺激されると、イきそうになる。しかし、そこには未《いま》だ詮がされていた。感じれば感じるほど生ずる痛みに、斎の唇から苦悶《くもん》の声があがった。

「師匠の仇の山怪が、緋燕の簪を持っていた……。どういうことだ。もっと詳しく話せ。話せば、この草を取ってやる」

斎と繋がったまま、鳳璋が股間に手を伸ばし、はち切れそうになった茎を強く握った。

「痛っ。痛い……やめて、やめてくださいっ」

半泣きになって斎が訴えるが、鳳璋は逆に力を込めた。

「さぁ、話せ。ここをもぎ取られたくなければな」

怖気《おぞけ》が走るような脅迫を口にすると、鳳璋がぎりぎりとそこを締めつけた。

強い痛みが性器を襲った。たまらず斎は知っていることを口にしてしまう。

「俺だって、わかりません！　ただ、夏華の人は日本に来ると、山怪になるんです!!」

「なんだと!?」

「まだ仮定です。俺だって、さっき知ったばかりで……っ。もう、勘弁してください!!」

斎が絶叫すると、ようやく鳳璋が手の力を弛《ゆる》めた。

酷い。どうしてこんなに酷いことをされなきゃいけないんだ？

鳳璋の斎に向ける感情は、緋燕の前では風の前の塵に等しく、儚《はかな》く脆《もろ》い。そう斎は思い知る。

性器に血液が回りはじめ、どくどくと脈打っている。それと同じくらい強い悲しみが、斎を襲う。未だ鳳璋を咥《くわ》え、疼いたままの後孔が虚《むな》しい。

斎は瞬きして目に溜《た》まった涙を落とすと、鳳璋から逃げるように体を前にずらした。

しかし、その動きは力強い腕に阻まれてしまう。

「斎、まだ話は終わっていない」

「話なんて、もうない！　俺は、あんたの奥さんを殺した奴らの一味で、あんたの奥さんは俺の師匠を殺した。それだけの話だ!!」

髪を振り乱す斎の股間から、ふいに圧迫感が消えた。

忌まわしく淫らな植物が、みるみるうちに枯れてゆく。

青々とした葉が茶色に変わると、鳳璋が煩わしげに抜き去り、斎の性器を自由にした。

大きな手が、茎と先端の継ぎ目を擦る。そのまま裏筋を撫で上げられると、斎の意志に反して体が震えた。

溜まりに溜まった精液が出口をめがけ、いっきに駆け上がってゆく。

「くっ。……っ……」

鳳璋の手の中で、斎はイった。

数日ぶりの射精に、吐き出された粘液は濃く、独特の青臭さが鼻に衝《つ》く。

すべてを出し終えた斎に、鳳璋が声をかけた。

「落ち着いたか。順を追って、きちんと話すのだ」

鳳璋は斎の中から楔を抜くと、改めて斎を寝台に押し倒した。斎をあおむかせると、両肩を押さえ、ぎらつく瞳で睨むように見つめてくる。

鳳璋様に、一度でいいから、本気で愛されたかった……。

けれど、そんな未来はもう来ない。鳳璋の血走った眼球に、斎はそう悟った。

悲しみに斎の顔が歪むが、泣き顔を鳳璋に見せたくなかった。両腕を顔の前で交差させて鳳璋のまなざしから顔を隠す。

「今朝方《けさ》、鐘先生のもとへ、ある書類が持ち込まれました。それは、異界についての報告をまとめたものです。その中に……夏華の人が山怪に変わった、との記述がありました」

「にわかには信じがたいな。そのような報告を、俺は受けたことがない」

「では、鐘先生に直接お聞きください」

「……鐘のもとへ光禄勲《こうろくくん》を今すぐ向かわせ、鐘の警備にあたらせよ」

斎の上に乗ったまま、鳳璋が役人に命令を下す。

「おそらく、お妃様は王宮から連れ去られ、異界に連れていかれたんです。これはまだ仮定ですが、時の流れがこちらとあちらでは違うのかもしれません。そうでなければ、一年前、師匠を殺した山怪が持っていた簪とお妃様の簪が同じことの説明がつきません」

「そうか」

術者としての斎の説明に、鳳璋が重々しい声でうなずいた。

重苦しい空気が漂い、少しの沈黙の後、鳳璋が口を開いた。

「では、おまえが緋燕を殺したのだな。おまえが緋燕を捜しあてたからこそ、緋燕は異界で死ぬことになった。俺からも、王子たちからも引き離されて。……さぞかし、心残りであったことだろう。さぞかし、無念だったことだろう」

痛いほど張り詰めた空気の中、慟哭《どうこく》に似た鳳璋の声が響く。

無念という言葉に、斎は、一瞬だけかいま見た、緋燕の死に顔――というには、人間の態《てい》をなしてはいなかったが――を、思い出していた。

愛する夫と子を残して死なねばならぬ、絶望と怨嗟《えんさ》に満ちた死に顔であった。

山怪はただの妖ではないと改めて理解した瞬間、とてつもない罪悪感が斎を襲った。

たとえ、直接手を下してはいなくとも、俺の手は汚れている。お妃様や、他の夏華の人々の血で……。

あぁ、そうか。最初から俺には、鳳璋様に愛される資格がなかったのだ。

幸せになる資格だって、そもそもなかった。

知らぬことだった。それが仕事だった。好きで山怪を狩っていたわけではない。手嶋さんに、狩るのではなく他の方法はないのかと提案もした。

自分を責める言葉と同時に、自己弁護の言い訳がいくつもいくつも浮かんでくる。

それでも斎は、現実から目を背けることが、どうしてもできなかった。

俺は、人殺しだ。

どす黒い孤独と失望に襲われた斎に、鳳璋の言葉が追い打ちをかける。

「俺は、よりにもよって妻の仇を妾として囲ったのか。そして、二度も抱いたのか。……緋燕……俺はおまえに、顔向けできない」

斎と同じ、いや、それ以上の絶望を感じさせる鳳璋の声だった。

好かれる資格がないとわかっていても、斎の心はなおも鳳璋を求めていた。惹《ひ》かれていた。そして、愛していた。

顔を覆う腕の囲いを斎が解く。逆光で表情は見えなくとも、鳳璋の悲痛が、悲嘆が、慟哭が、気という質量をともなって、斎の肌を圧迫する。

「鳳璋様……」

押し寄せる深い悲しみの気に、斎がおずおずと声をかける。

「俺の名を呼ぶな、汚らわしい！」

目の前で勢いよく扉を閉めたような激しい拒絶に、斎が凍りついた。

鳳璋は斎の上からどくと、まるで野良犬でも追い払うような手つきで、斎に向かって退室を命じる。

「もういい。下がれ」

「……」

そう言われて、すぐに身動きできるものではない。それに、今の斎は全裸で、おまけに服は鳳璋の力により布切れに成り果て、とても着られたものではない。

斎が動けずにいると、鳳璋がせわしげに二回、手を叩いた。

「お呼びでしょうか、鳳璋様」

「この者を、景仁宮へ送り返してくれ」

「かしこまりました」

男の役人は、鳳璋に恭しく頭を垂れて挙手すると、乱暴な手つきで斎の腕を掴んだ。

「来るんだ」

「せめて、何か羽織る物を……」

弱々しい声で訴えると、舌打ちせんばかりの態度で役人が袍服を脱ぎ、斎に突き出した。

王の寵愛を失った妾に気を遣う必要はないと判断したか、役人は手荒に斎を扱う。

そして鳳璋は、ふたりが寝室を出るまで、一言も言葉を発せず、斎に視線さえ向けようとしなかった。


景仁宮に半裸で斎が戻ると、春鶯が目を見開いて出迎えた。

「まあ……。まあ、まあ。なんてこと。いったいどうなさったのですか!?」

春鶯は性交の臭いを濃厚に漂わせる斎の肢体から、鳳璋に何をされたかは察したようだが、なぜ役人の袍服を借りて景仁宮に戻ったのかまでは、想像できないようであった。

「すぐに、湯浴みを。それとも、お休みになられますか？」

「風呂《ふろ》に……入ります。すみません、ご心配をかけて」

顔色の悪い斎を春鶯は心配げに見ていたが、それ以上何も言ってはこなかった。

浴室へ向かう斎の背後で、役人と春鶯が小声で話しはじめる。

……あの役人は、俺と鳳璋様の間の会話を聞いていただろうし、それをそのまま春鶯さんに話すんだろう。

春鶯さんの俺に向ける優しさや労《いたわ》りも、もう終わりだろうな。俺は夏華の人々を殺した一味で、鳳璋様の寵愛も失った。ただの人殺しの俺に、優しくする理由がない。

それはきっと、鐘先生や采和さんも同じことだろう。

斎は浴室に入り、湯桶《ゆおけ》で掬《すく》った湯を頭からかぶる。

絹布で縛られた痕《あと》がうっすらと残る太股をぼんやり見ながら、機械的に——何も考えず、いや、考えられず——体を洗った。

思考は停止しているのに、斎の目頭が熱くなる。

湯船に浸かる気分にもなれず、斎は体を洗い終えるとすぐに浴室を出た。

脱衣所で体を拭《ふ》くと、斎は涙を流しながら夜着に袖を通した。

斎が夜着を着終えたところで、脱衣所の扉が乱暴に開いた。音に反応して斎が振り返ると、後宮付きの衛兵がそこに立っていた。

「おまえを、拘束する」

そう言うやいなや、衛兵が腕を伸ばし、斎の手首を捕らえた。

「……鳳璋様のご命令ですか？」

「そうだ」

重々しくうなずく衛兵を見ながら、斎は来るべき時が来た、と覚悟を決めた。

鳳璋様は、俺を殺すと決めたんだな。

それ以外、鳳璋が衛兵に斎を拘束させる理由はない。

両腕に縄を打たれて浴室から出てきた斎を見て、春鶯が鋭く息を呑んだ。

「むごいことを……」

そうつぶやくと、春鶯は見ていられないというふうに袖で顔を覆った。

建物を出ると、明るい日差しが斎に向かって照りつけた。斎は六人組の衛兵に引っ張られながら門をくぐり、王宮内の小路を歩いた。

斎が連れていかれたのは、王宮の内郭《うちくるわ》を出てすぐにある兵舎であった。厩舎《きゅうしゃ》の裏手、澱《よど》んだ気の漂う一角に井戸と石畳があった。

ここがどういう場所なのか、離れていても感じる濃厚な瘴気《しょうき》に、斎はすぐに理解した。

処刑場か……。跪《ひざまず》かせて、斬首《ざんしゅ》するんだな。

斎の脳内のスクリーンに、処刑される老若男女の姿が、次々と浮かんでは消えてゆく。凄惨《せいさん》な映像の奔流に斎が呑み込まれ、ひたひたと身を侵す強い瘴気に吐き気が込み上げる。足を止め、激しく咳き込む斎の背中を、衛兵が乱暴に突き飛ばした。

斎は咳《せ》き込みながら、石畳の手前で膝をついた。

「面倒だな、ここで処刑するか？」

「血を洗い流すのが大変だ。手間はかかるが、所定の場所でやろう」

頭上で交わされる会話に、斎の心にじわじわと恐怖が込み上げてくる。

死ぬのは、嫌だ。……俺は人殺しの一味だったけれど、それでも、死ぬのは嫌だ。

鳳璋に脅された時には、殺せと啖呵《たんか》を切った斎であったが、ここに及んで腹の底から『生きたい』という欲望が湧き上がった。

死にたくない。今すぐここから逃げなければ。

そう思っているのに、吐き気は強まる。斎はその場にうずくまりながら、身を震わせ、えずくことしかできない。

衛兵ふたりが、両脇《りょうわき》から斎の腕を取り、石畳の中央まで引きずってゆく。

——嫌だ。嫌だ、嫌だ。死にたくない!!——

心の中で斎が絶叫する。

助けて、誰か。師匠…………。鳳璋様!

この状況に置いたのは誰かと知りながら、それでも斎は鳳璋の名を呼んでしまう。

その間に斎は衛兵たちにより石畳の上に座らされ、身動きできないようしっかりと両脇から押さえつけられていた。

衛兵が鞘《さや》から剣を抜く鞘走りの音が響く。

斎の心臓が早鐘のように鼓動を刻み、固く閉ざしたまぶたの裏に、嬉しげな顔をした鳳璋の姿が浮かんだ。

衛兵が剣を振りかざした、まさにその時、ふいに斎と衛兵の頭上に影が差した。

『斎――!!』

呼び声がしたかと思うと、鈍い衝撃が斎を襲った。

息を呑む間もなく風圧を感じ、気がつけば、斎の体は黒く柔らかな毛皮の上に乗り、地上を遥《はる》か下方に見下ろしていた。

『斎、斎、斎！　やっと会えた!!』

幼子のような喋り方。必死に斎を求める声。斎を背に乗せられるほどの巨大な獣が発していても、斎には獣の正体がわかった。

「玄狐《げんこ》……」

『そうだよ。僕、斎がいつまでも戻らないから、心配で斎を捜しに来たんだ。……約束を破って、ごめんなさい』

「いいんだよ。……ありがとう、玄狐。俺を、こんなところまで迎えに来てくれて」

牛馬よりも大きく、犀《さい》ほどの巨大サイズに成長した子狐の背に、斎は顔を埋《うず》めた。

窮地を脱し、安堵《あんど》した斎が、泣き笑いの表情で口を開く。

「驚いた。いつの間に、こんなに大きくなったんだ？」

『わからない。こっちの世界に来たら、自然と体が大きくなったんだ。でも、大きくなってよかった。こうして、斎を背に乗せて運べるから。ここは、すごく気が綺麗で濃い場所だね。大きくなったのはそのせいかもしれないいな』

「ここは、仙郷だからな。神使のおまえなら、そんな不思議があってもおかしくない」

愛しい式神と会話するうちに、いつの間にか斎たちは赫央宮《かくおう》を離れ、王都紅栄《こうえい》の郊外まで来ていた。

『このまま、異界との境に行くよ。元の世界に、早く戻ろう』

「そうだな。……俺も、早く元の世界に帰りたい」

斎が王宮に視線を向けると、なぜか鳳璋に優しくされた思い出ばかりが蘇《よみがえ》る。

さようなら、鳳璋様……。

心の中で、斎が最愛の人に別れを告げた。

『斎……。どうしたの？　なんだか、前と違うね』

「こっちで、いろいろあったんだ。いろいろね……」

答える声は、風圧に流され空に消え、ほどなくして、ふたりは異界との境に到着した。

兵たちが不審者を捕縛しに来るかと思ったが、玄狐の姿に恐れをなしたか、遠巻きに斎たちを見守るばかりであった。

斎が目印として地面に突き立てた独鈷杵《とっこしょ》は失われていたが、霊視をすれば、すぐに境界は見つかった。

玄狐とともに境界を示す陽炎《かげろう》に足を踏み入れると、独特の目眩《めまい》に似た感覚に襲われ、瞬きする間に、斎は元の世界に戻っていた。


元の世界に戻った斎を襲ったのは、初冬の山間部の冷気であった。

絹の夜着一枚で寒気が防げるはずもない。素足というのも最悪だった。

斎が嘆息して空を見上げると、木々の梢《こずえ》の隙間《すきま》から、チカチカと瞬く星が見えた。

「携帯も財布もない……。おまけにこの格好で、どうやって家まで戻ればいいんだ？」

ぼやいたものの、斎の声は明るい。

斎を取り巻く環境は依然ハードであるが、それでも、夏華で衛兵に殺されるよりは、断然ましな状況だった。

緊張が解けた反動で楽観的になった斎が、いつものサイズに戻った玄狐に笑いかける。

「玄狐、すまないが、手嶋さんに連絡を取ってくれないか？　俺の状況を説明して、着替えと靴を持って迎えに来てくれるよう、頼んでほしい」

『わかった！』

玄狐は元気よく応じると、すぐさま姿を消した。玄狐が戻るまでの間、斎は風の当たらない場所に移動し、体内に気を巡らして体力の維持に努める。

しばらくして戻ってきた玄狐は、勢いよく斎の胸に飛び込んできた。

『手嶋さんが、迎えに来てくれるって。その前に、見張りの人を迎えに行かせるから、手嶋さんの到着まで麓《ふもと》で待っていてくれ、だって』

玄狐の報告に斎は安堵して息を吐き、そして、小さな式神の頭を撫でた。

「よくやってくれた。ありがとう」

『僕は斎の式神だし、当然だよ。それより、いいの？　手嶋さんに借りを作るのは……あんまりよくないと思う』

幼い姿と喋り方をしていても、玄狐は賢く、そして聡《さと》い。斎が手嶋の愛人に誘われているのを知っているからこそ、心配そうに尋ねてきた。

「残念ながら、今は彼しか頼れる人がいないんだ。……なあ、玄狐。もし俺が、手嶋さんとそういう関係になったら、おまえは、俺の式神をやめるか？」

『やめないよ。でも……斎が交尾したいなら、僕が相手をするのに。もう少ししたら、ちゃんと人型を取れるようになるから。それまで待っててくれないかなぁ』

予想外の求愛を受け、面食らう斎の顔を、玄狐がひと舐めする。

「……おまえのもう少しって、どれくらい先の話だ？」

『百年くらい！』

元気のいい答えに、斎が苦笑した。柔らかな毛並みを撫でながら口を開く。

「その頃には、俺はもうこの世にいないよ。それに、おまえにはこのままの姿でいてほしい。玄狐はもふもふでかわいいのが一番だ」

『うん！』

猫ならば喉を鳴らさんばかりの表情をして、玄狐が斎の愛撫に身を任せる。

そして懐中電灯の灯《あか》りが見え、四十代であろうか、顔に傷を負った男がやってきた。手嶋一族が山に置いた、監視役だ。

監視役が持ってきた靴下と長靴を履き、毛布に体をくるみ、ようやく人心地がついた。

「急だったから、こんな物しか用意できなかった。……悪いな」

「いえ。こんな深夜に迎えに来てくださっただけでも感謝します。後ほど、改めてお礼にうかがわせていただきます」

監視役の先導で山を下りると、こぢんまりとした小さな平屋に案内された。

「あんな薄着で山の中にいたんだ。冷えただろう？　今、温かい飲み物を煎《い》れるから」

玄関を入ってすぐに、小さな台所とトイレがあった。その奥は浴室だろうか。小さな廊下を入って右手に六畳間の居間があった。

部屋の中央には炬燵《こたつ》があって、男は斎に座るよう勧めると、台所でお湯を沸かしはじめた。すぐにインスタントのコーヒーの入ったマグカップを手に男が戻る。

照明の下で男を見ると、左目から唇にかけての大きな傷が痛々しい。

注意深く動きを見ると、左手が不自由のようでもあった。

「その傷は……山怪に?」

「あぁ。四年前にな」

男は炬燵の上に置きっぱなしだった湯飲み――中身は焼酎《しょうちゅう》だ――に手を伸ばした。

斎はそっと自分の右腕に手を置いた。うっすらと傷痕しか残ってはいないが、斎も山怪と闘い、負傷をした。

いったい、誰が悪いんだろう。山怪を――夏華の人を――殺したから、この人も俺も、罰を受けたのか? 夏華からの迷い人も俺の師匠だけではなく、他にも幾人もの命を奪い、消えない傷をつけている。しかし、彼らはその代償を自分の命で購《あがな》っていて……。

考えれば考えるほど、斎は思考の迷宮をさまよいはじめる。

誰が悪いわけでもない。ただ、こんなふうに憎しみを募らせるだけの間柄は、ひたすら、不毛なだけにしか思えなかった。

久しぶりにインスタントコーヒーを口にして、斎がジャンクな味を懐かしむうちに、外から自動車のエンジン音が聞こえた。

「待たせたな、斎」

頬を紅潮させて手嶋が玄関に入ってきた。監視役の男に簡単に別れの挨拶を済ませると、斎はセダンの後部座席に乗り込んだ。

「助手席には、座らないのか?」

残念そうな顔をした手嶋が、斎に尋ねる。

「すみません。ちょっと体がキツくて……横になりたいんです」

「異界について、聞きたいことがあるんだが……。疲れているならしょうがない。それなら、後で時間をとって、ゆっくり話をしよう。酒でも飲みながらね」

「はい」

うなずきながらも、斎は手嶋の好意も、酒を飲みながらくどこうという意図も、重苦しく感じていた。

夏華に行く前、いや、鳳璋と出会う前の斎は、ここまで重くは感じなかった。

俺は、手嶋さんの愛人に、なりたくないんだな。だから、無意識に手嶋さんを避けて、後部座席に座ったのか……。

遠く——時空すら——離れてもなお、いや離れたからか、斎は鳳璋を無性に恋しく感じていた。他の男とセックスすることは、もう、斎の選択肢にない。

監視役から借りた毛布にくるまったまま、斎は崩れ落ちるように後部シートに上半身を横たえる。その弾みで、目の前に小さな羽根がふわりと舞った。

ゴミかと思い、無意識に羽根を捕まえた。

白地に末端がほんのりピンクに染まった羽根を指先で摘み、無意識に回転させていると、夜着の襟元から、またひとつ羽根が出てきた。

羽根の出どころが自分らしいとわかった斎が、襟に手を入れ、肌をさぐる。

柔らかなものが指先に触れた。ふんわりしたそれは、どう考えても鳥を触っている時の感触と同じであった。

俺の体から、羽根が生えている——!?

その瞬間、斎を襲ったのは驚愕《きょうがく》ではなく、恐怖であった。体に異変が起ったことより、手嶋に知られることを、真っ先に恐れた。

落ち着け。……落ち着け。まだ、そうと決まったわけじゃない。

姿勢を変えるふりをして運転席に背を向け、毛布を頭からかぶって体を丸める。

黄泉竈食《よもつへぐ》い、という単語が斎の頭に浮かんだ。

黄泉《よみ》や冥界《めいかい》の食べ物を食べると、元の世界には戻れない。そういう意味の言葉だ。日本神話においてはイザナミとイザナギの逸話が有名である。

あれと、同じことが俺に起こった……のか？　夏華の世界の食べ物を食べたから、夏華の人と同じように、こっちに戻った俺も山怪になってしまったというのか⁉

こんな体になっては、手嶋さんの愛人どころの話じゃない。手嶋一族の、山怪に対する憎しみは本物だ。自宅に帰ったら、一刻も早く逃げる準備をしないと……。

山怪と見なされ、手嶋に惨殺される可能性を思うだけで、斎の全身が震えそうになる。

夏華で殺されかけて、やっとの思いで逃げてきたというのに、こちらの世界でも、斎の居場所はなくなってしまったのだ。

もう、嫌だ。どうして俺ばかりが、こんな目に遭わなければいけないんだ！

悲しみを通り越し、ふつふつと怒りが湧いてきた。

夏華で処刑されかけた経験が、生きたいと強く願ったことが、斎に運命に立ち向かう意志を生んでいた。

たとえ世界中に味方がひとりもいなくとも、斎はもう、家族を失ったあの頃のような無力なこどもではなかった。

霊沓をはじめとした能力があり、そしていつも隣に玄狐がいる。師匠は、斎に過酷な運命に立ち向かえる爪と牙《きば》を、修行の中で与えていたのだ。

その後、斎は疲れて眠ったふりをして、手嶋と会話をせずにすませた。

じりじりと時間が過ぎてゆき、ようやく斎のアパートに到着する。

「送ってくださって、ありがとうございました」

家に寄ってお茶でも……と誘ってほしげな手嶋を無視し、斎は玄関前で頭を下げた。

玄関の鍵《かぎ》はなかったが、玄狐に内側から鍵を開けてもらう。毛布をしっかりと体に巻きつけたまま屋内に入る斎を、名残惜しげに手嶋が見ていた。

五日ぶりの自宅は、出ていった時のままだった。深夜すぎということもあり、殺風景で、冷え冷えとしていて、そして、悲しいほどに空虚だ。

斎は真っ先にテレビを点《つ》け、日付けを確認する。斎がこの家を出てから、実質一日半しか経っていなかった。これで、ここと夏華では、時間の流れが違うという結論が出た。

お妃様がこちらの世界に来て山怪になったのは、これで確定か……。

一縷《いちる》の希望が消え、斎がため息をついた。

そして、体の変化を確認しがてら、着替えることにした。

足から胸元にかけては、人間の滑らかな肌のままだった。しかし、胸元から二の腕にかけてが、白っぽい羽根に覆われていた。

　おまけに、肩胛骨《けんこうこつ》から脇にかけて、大きめの羽根が生えている。腕が翼に変化しかけているのだ。背中の羽根は色が濃く、薄桃色から深紅のグラデーションになっている。

　羽根だけ見ればとても美しいが、これを背中に背負って生活することを考えると、斎は憂鬱《ゆううつ》にならずにいられない。

『斎の気が変わったのは、翼が生えたからなんだね。どうせなら、僕と同じ黒い毛が生えた方がよかったな。でも、赤い翼も綺麗だよ』

　慰めか、本心か。玄狐の本音はわからないが、斎を想う気持ちが嬉しかった。

「ありがとう、玄狐」

　自然に笑顔になった斎は長袖のカットソーとセーター、ジーンズに着替えた。

　着替えを終えると押し入れに向かい、中からボストンバッグを引っ張り出す。逃亡するための準備に取りかかったのだ。

　貯金通帳や印鑑といった貴重品を真っ先にバッグに入れ、仏壇へ向かった。師匠の位牌《いはい》をどうするかで斎はわずかの間悩み、持っていくと決めた。

　仕事道具でもある数珠や教本の類《たぐい》を仏壇の引き出しから取り出した時、斎の目に、緋燕の簪が目に入った。

「これは……俺が持っていて、いいものじゃない……よな」

手を伸ばし、簪を手に取った。

気を読み取ると、緋燕がいかにこの簪を大切にしていたかが伝わってきた。

高価だからではない。鳳璋が、緋燕のためにと心を砕いて誂《あつら》えた品だから、大事にしていたのだ。

「鳳璋様に、お返ししよう。少しでも、あの人の悲しみが癒されるように……」

愛妻を殺した一味である斎の想いは、鳳璋にとっては迷惑極まりないものかもしれない。なにせ、鳳璋は斎を処刑せよと命じたのだから。

「それでも俺は……やっぱり、鳳璋様が好きなんだ……」

両手で簪を握る斎の肩が震えた。そして、玄狐を呼び出した。

「玄狐、こっちに帰ってきたばかりで申し訳ないんだけど、もう一度、異界に行って、王宮にいる王様に、この簪を渡してきてもらえないか?」

『え……。でも、僕、王様のこと知らないよ』

「王様の気は、これだ」

斎が鳳璋の気をコピーしたものを手のひらに作る。小さな太陽のような気の塊を、玄狐が美味《おい》しそうに食べた。その時、訪問者を知らせるチャイムの音が鳴った。

斎が玄狐との会話を中断し、インターフォンに出た。

「……はい」

『ごめん、手嶋だけど。斎に渡す物があったんだ。ちょっとだけ、いいかな？』

手嶋の声に、斎は答えに逡巡《しゅんじゅん》する。今は、手嶋と顔を合わせたくない。かといって『帰れ』とは言いづらい。気乗りがしないまま斎は玄関に行き、扉を開けた。

「悪いな。これなんだけど……」

手嶋が笑顔で手を上げた。次の瞬間、扉の隙間に足を入れ、半身を割り込ませてきた。

「手嶋さん!?」

驚く斎の手首が、手嶋の手に捕らえられた。振り払う間もなく、斎の体は引き寄せられ、喉元にナイフを突きつけられてしまった。

「騒ぐな、山怪」

耳元で手嶋が囁く。低音での脅しは、手嶋が本気であることの証《あかし》であった。

「玄狐にも、下手なことをさせるな。俺の式神に返り討ちに遭うぞ」

手嶋の声に呼応したように、背後で何かがざわめく気配がした。それは、一体ではなく複数、しかもかなり力の強いものも含まれている。

有力な一族に生まれた手嶋は、先祖代々契約している強力な式神を多数従えている。その中には、玄狐ではとても敵《かな》わない式神もいることを、斎は知識として知っていた。

——どうする。どうするのが、一番いい？　今の俺にできるベストは？——

全力で頭を働かせながら、斎は今にも手嶋に飛びかかろうとしている玄狐を目で制した。視線を足下に向けた時、手の中の簪に気がついた。このままだと、簪を鳳璋に返せなくなると気づいた時、最優先事項は決まっていた。

この簪を鳳璋様に返さなければ。それが、俺が鳳璋様のためにできる唯一の行動だ。鳳璋が少しでも元気になれば。生き延びることとは別の部分で、斎は強くそう願う。

斎が心話で玄狐に語りかけた。

『おまえは、簪を王様に届けに行ってくれ』

『でも、斎が……』

『俺は大丈夫だよ』

精一杯の笑みを作ると、斎は心の中で強く『行け！』と命じた。斎の命令に玄狐は逆らえず、簪を咥えると素早く手嶋の脇をすり抜け、外へ出た。

「玄狐をどこにやった？」

尋ねながらも手嶋は式神を一体呼び出している。いかにもすばしこそうな鳥型の式が、玄狐の後を追う。

「別に……。それより、俺のことを山怪と言いましたね。いったいどういうことですか？」

背中には冷たい汗が流れていたが、斎がそ知らぬ顔で尋ねた。

「しらばっくれるな。おまえの背中に羽根が生えていたのを、さっき見たんだ」

「着替えをのぞいたんですか。犯罪ですよ」

冷ややかな声で返すと、手嶋はむっとした顔をするが、すぐに平静に戻った。

「山怪は人じゃない。化け物に何をしようと、犯罪にはならないさ」

化け物と言われ、斎の顔が歪んだ。そんな斎に、手嶋が酷薄な笑みを向ける。

「そう――何をしても、罪には問われない。その意味が、わかるな？」

その声を聞いた瞬間、斎のうなじがぞわっと怖気だった。頭の中で赤信号が点滅し、胸にチリチリするような焦燥感が込み上げてくる。

いっそ大声を出して人を呼ぼうかと思ったが、そんなことをしても無駄だった。

この部屋には、師匠が作り上げ、斎が受け継いだ結界が張られている。

呪術《じゅじゅつ》的な防御はもちろんのこと、他人の目を引かず、注意を呼び起こさない作用を持つ結界だ。

ここで何が起っているか、隣人も通りすがりの人間も気づかない。

そういうふうに人間の知覚を操作するのである。

外部からの助けは絶望的な状況に陥った斎の耳元に、手嶋の熱く湿った息が吹きかかる。けれど、抵抗は凶器により封じられている。

目を閉じた斎は、こみ上げる嫌悪感に耐えながら、どうやったらこの窮状から逃れられるか、ただそれだけを考えていた。


手嶋は斎を居間に連れ込み、ナイフで脅しながら梱包《こんぽう》用のガムテープで両手両足の自由を奪った。

それから二十分ほどすると、一台のワゴンが斎のアパートの前に停まり、斎も顔見知りの手嶋一族の者が三人やってきた。

先日、山怪を倒す際にチームを組んだ崇《たかし》と直也《なおや》、そして慎治《しんじ》だ。

先に慎治が後列のシートに座り、斎を前列奥のシートに座らせる。崇が入り口をふさぐように、斎の隣に腰を下ろした。

直也が運転席に座り、斎は三方を囲まれたことになる。

とはいえ、三人とも複雑な顔をしており、両手両足を縛められた斎に対して、多分に同情的な表情をしていた。

手嶋が自分のセダンに乗り込み、二台の車が発車した。二十分ほど移動して、一行は手嶋一族の本家——手嶋の自宅——に到着した。

本家は、国道から少し入った住宅街の、五階建ての個人病院と同じ敷地内にある。手嶋家の表向きの職業は、医者だ。手嶋も医師免許を持っており、インターンを終えて外科医として実家で働きはじめたばかりであった。

鉄筋建ての立派な邸宅だが、風水を取り入れた呪術的な防御も完璧である。

その本宅に入った途端、斎は荷物のように背負われ、地下室へと連れていかれた。

地下室は板張りのシンプルな部屋で、八畳ほどの広さがあった。家具は一切なく、かすかに残る呪術の気配から、儀式を行う際に使用する部屋だと斎が判断する。

斎が一番奥の壁際に座らされ、手嶋たちが入り口近くで立ち話をはじめた。

「……いやでも、俺は信じられないっスよ。藤岡さんが山怪になっただなんて」

「昭太《しょうた》さんの見間違い……ということはありませんか？」

一番年の若い慎治が疑問を口にすると、最年長の崇が重々しく問いかける。ふたりの反論に、やや興奮した口調で手嶋が言い返した。

「それじゃあ、斎を裸にして確かめる。これでどうだ？」

「それ、昭太さんが藤岡さんを脱がせたいだけじゃないっスか？」

軽口を叩いた慎治の後頭部を、すかさず崇がはたいた。

最終的に手嶋の意見が採用され、直也と慎治が斎の服を脱がせにかかる。

「すみません、藤岡さん。すぐ、済みますから」

慎治がぺこぺこと頭を下げながら、斎のガムテープを鋏《はさみ》で切ってゆく。両手両足が自由になった斎に、四人が服を脱げと視線で圧力をかけてくる。

……脱げるわけがない。背中の羽根を見せたら最後、俺は、山怪扱いだ。

体を守るように両腕を胴体に回して座り込んだまま、斎が四人を睨みつける。いつまでも服を脱ごうとしない斎に、その場の空気が気まずいものへと変化してゆく。

「藤岡さん、早く脱がないと、山怪だってことになっちゃいますよ？」

「もういい。慎治。直也、斎を取り押さえろ。俺が脱がす」

斎をフォローする慎治に、厳しい声で手嶋が言った。直也がすぐに斎の両腕を押さえた。渋々と慎治が斎の足を押さえる。

手嶋の手が、セーターとカットソーの裾《すそ》を摑んだ。強引に手嶋が斎の服をまくり上げ、白い背中が露《あら》わになる。次の瞬間、地下室の空気が凍りついた。

「……な、なんだよ、これ！」

悲鳴のような声を慎治があげた。手嶋が、だから言っただろう、という表情で一族の男たちを順番にねめつける。

それから、四人の男が抵抗する斎を押さえつけながら、斎を全裸にし、体の隅々までチェックした。

強引に股を開かされ、性器やそれに続くなだらかな皮膚や、双丘に隠れた秘部を調べられた時には、斎はあまりの屈辱と情けなさに、半泣きになってしまった。

「結局、異常は背中の羽根だけか……」

手嶋はそうつぶやくと、慎治と直也に身動きを封じられた斎の腹部を指で辿《たど》った。

「それで、あの……昭太さん、藤岡さんをどうするんですか？」

斎が山怪となってもなお、多分に同情的な慎治が、恐る恐る尋ねた。

「殺すしかないだろう。山怪はもれなく殺す、それが掟《おきて》だ」

体温が一切感じられない、冷たい声で手嶋が答えた。手嶋は膝を曲げて股間を隠す斎に冷眼を向け、そして悲しげに顔を歪ませた。

「どうして、山怪なんかになったんだ。斎」

「好きでなったわけじゃない。不可抗力だ。……俺は、山怪みたいに人を襲ったりはしない。手嶋一族には、絶対に迷惑をかけない。だから俺を見逃してくれ」

無理だとわかりつつ、それでも斎は手嶋の目を見て訴える。

かつて頬を赤らめて告白した手嶋に、わずかでも情が残っていることに賭《か》けたのだ。

しかし、斎の希望はあっけなく打ち砕かれてしまう。

「見逃すことはできない。いずれ山怪の本性が全面に出て、凶暴になるかもしれないからな。少しでも危険性があるうちは、おまえを野放しにはできない」

「……」

「だが……殺さないでおくことは、できるかもしれない。俺だって、本当はおまえを殺したくない。だから、斎、おまえをここに閉じ込める。俺が責任を持って管理すると約束すれば……父を、説得できるかもしれない」

意味ありげな目で手嶋が斎を見る。

その目を見た瞬間、斎は、先ほど股間を検《あらた》めた手嶋の行動を思い出していた。淫猥《いんわい》な道具や鳳璋を受け入れて赤らんだ秘部の上を、執拗《しつよう》に手嶋の指が撫でていたことに。

「……俺に、命と引き替えに手嶋さんの囲い者になれ、ということですか？」

「山怪を管理するだけだ」

手嶋がうそぶくが、それが詭弁《きべん》だということは、その場にいた全員がわかっていた。

そして、斎を殺すより、斎を手嶋の囲い者にする方が、他の三人にとっても良心の痛まない、ベターな解決策であった。

仕方がない、諦《あきら》めろ。そんな視線が斎に注がれる。

手嶋は直也と崇に斎の見張りを命ずると、慎治を連れて部屋を出た。ほどなくして手嶋と慎治が布団を抱えて戻ってきた。

「……」

生々しい道具に斎が息を呑む。着々と退路がふさがれて、息苦しくなる。

手嶋の囲い者になれば、少なくとも生きてはいける。玄狐が傍にいることを許してもらえれば、無聊も慰められるだろう。

だが、斎は手嶋に抱かれると考えただけで、鳥肌が立つほどの嫌悪感が湧いた。

「斎」

愛しげに――上位者の優越に満ちた表情で――手嶋が斎に呼びかけ、そして自身の式神を出現させた。

巫女《みこ》装束の、どこか面差しが斎に似た美しい女が現れ、斎の腕に柔らかく触れた。

触れられた瞬間、斎の体は金縛りに遭ったように動けなくなる。

「あ……」

斎が凍りついたのが合図となり、慎治ら三人は地下室から姿を消した。

顔を白布で隠した男の式神が現れ、布団を敷き、待ってましたと言わんばかりに、手嶋が着衣のまま斎を押し倒した。

「初めて見た時から、ずっとこうしたいと思っていた……」

手嶋が恍惚とした表情でつぶやく。

聞きようによっては、熱烈な愛の告白だった。

斎が手嶋に初めて会ったのは、師匠に引き取られてすぐのことだ。

九年も斎を抱きたいと思い続けていたのなら、それは、いっそ純愛と言ってもいいのかもしれない。

だがしかし、手嶋の想いは斎の心に響かなかった。鳳璋がするりと斎の心に入り込んだのとは対照的に。

嫌だ……。手嶋さんにされるのは、嫌だ。

ひんやりとした手が斎の首筋に触れた。そのまま斎の両頬を包み込むように手で触れると、手嶋が唇を重ねてきた。

身動きの封じられた斎の唇は半開きのまま、閉じることも開くこともできない。その唇を、手嶋が繰り返し吸い上げる。

だが、手嶋の愛撫に斎は小指の先ほども感じなかった。むしろ、ねっとりと歯列を舐められて、怖気が走ったくらいだ。

鳳璋様とは、初めての時だって、そんなことはなかった。嫌だと思っても体が勝手に反応していた。

そうか、俺は、初めて鳳璋様に会った時から、あの太陽のような気に惹かれていたんだ。

あの人に、一目惚《ひとめぼ》れしていたんだ。

それほどまでに、俺はあの人が好きだった。

――鳳璋様!!――

鳳璋を思い出し、斎の瞳がみるみるうちに潤んでいった。

手嶋は、声もなく涙を流す斎に頓着《とんちゃく》せず、陶器のような肌に手を伸ばした。

脇腹から細い腰にかけてを丹念に手のひらが上下する。太股の上を軽いタッチで触れ、そして性器を柔らかく握った。

しかし、斎のソレはピクリとも反応しなかった。

手嶋は、どうしても斎を気持ちよくしたいのか、陰茎をやわやわと握りながら、胸の突起に顔を寄せた。

外部からの刺激に反応し、そこはすぐに尖《とが》りはじめる。硬くなった小さな粒を、乳輪ごと手嶋が吸い上げた。

客観的に見て、手嶋は決して下手ではなかった。身も心も手嶋を拒絶した斎であったが、度重なる愛撫に、少しずつ、ほんの少しずつだが、体が反応しはじめる。

嫌だ……。こんなの、本当に嫌なのに。

心の中で叫んでみても、今の斎にできることは、呼吸と涙を流すことだけだ。

手嶋の舌が乳輪の上で円を描き、粒の上で素早く蠢《うごめ》いた。緩急をつけた愛撫に、いつの間にか斎の吐息が熱と湿り気を帯びる。

「はぁ……、はぁっ」

「ようやく、気持ちよくなってきたか。俺は、おまえをこんなふうに感じさせたかったんだ。想像通りの綺麗な顔だ。この羽根さえなければ言うことなしだったがな。……そうだな、詳しく調べてから、この部分を手術で取ってしまうか」

手嶋の目も声も、本気だった。

外科医の手嶋には、斎の羽根は悪性の腫瘍《しゅよう》のように思えていたのかもしれない。

俺は、実験動物じゃない！

斎が心の中で叫ぶ。それほど、手嶋の瞳は冷たく、完全に斎を見下していた。

手嶋は羽毛に変化した部分を避けながら、斎を手と唇で愛撫した。

細い腰を抱え、薄く肉のついた下腹に口づける。そして、胴と脚のつけ根の柔らかい皮膚を幾度も吸い上げ、吸い痕を残した。

感じはじめると、人は、性感帯に気が集まる。

斎を抱くのは初めてであっても、術者である手嶋には、斎の性感帯が手に取るようにわかるのか、絶妙のタッチで責めてきた。

「あ……あぁ……っ」

今、斎はうつぶせから腰を掲げた姿勢を取らされている。尻の上、尾てい骨のあたり──性を司るチャクラのある場所だ──を、手嶋に繰り返し舐められていた。

こんな……こんなに気持ちいいなんて。手嶋さんとしたくない。そう思っているのに、血が熱が、気がそこに集まる。せめて、感じないようにしたい。しなくては……。

性欲に引きずられそうになる体を、必死で統御して斎が気を回す。

尾てい骨部に集まった気が散じると、手嶋が憐れみ混じりの冷たい笑みを浮かべた。

「この程度で抵抗してるつもりか？　術比べで俺に敵うと思うなよ」

手嶋が言い終えると同時に、斎の目の前に巫女の式神が現れた。白魚のような手が伸び、斎の眉間《みけん》に指先で柔らかく触れる。

「……っ」

軽い衝撃の後に、集中が簡単に破られた。それだけではない。式神の指先から注がれた気が、斎の頭を真っ白に染めてゆく。

「やぁ……っ、て、あぁ……っ」

思考が奪われると同時に、上丹田まで上がった気が、下丹田に引き戻される。

いや、体中の気が、怒濤《どとう》のようにそこへ集まりはじめていた。

斎の思考も感情も肉体も、気も、存在を構成するすべてが肉色の巨大な坩堝へ引き込まれてしまう。

怖い……。俺が、どんどん変わっていく。俺が俺じゃなくなってしまう。

怯《おび》える斎の体は意志に反して目覚め、わずかの刺激にも敏感に反応する。亀頭からは先走りの液が溢れ、沸騰した血液が全身を駆け巡った。

「陽輔《ようすけ》さんが生きている間は手が出せなかったが、これで完全に斎は俺のものになった」

嬉しげな声で手嶋が赤く染まった先端に親指で円を描く。

手嶋から与えられる刺激が、快感となって斎を侵食してゆく。そして、とうとう斎の双丘に手嶋の手が伸びた。

「そろそろ俺が気持ちよくさせてもらう番だ。……斎のここは、どんな具合だろうな。味わうのが楽しみだよ」

手嶋が挿入するつもりとわかって、斎の——かけらほどしか残っていない何かが——悲鳴をあげる。

嫌だ、そんなの嫌だ。鳳璋様以外の人に犯《や》られるなんて、絶対に嫌だ！

斎が心の中でそう叫んだ時、手嶋の動きが止まった。

その直後、堅牢《けんろう》に作られているはずの手嶋邸が、ガタガタと揺れはじめた。

「……地震か？　いや、違う。これは……!!」

手嶋が上半身を起こし、斎から離れた。振動はあっという間に大きくなり、激しく上下に揺れはじめた。入り口に向かいかけていた手嶋がたまらず膝をつく。

地下室の照明器具が、狂ったように点滅を繰り返したかと思うと、巨大な何かが迫る気配があった。

――なんだ？　いったい、何が起こってる？――

あからさまな異変に、ぼやけた頭が疑念を抱く。その答えは、すぐに手嶋によって与えられた。

「結界が……破られた。いったい誰の仕業だ？　それに、この巨大な気。山の主クラスの化け物がやってきたとでも言うのか!?」

山の主というのは、自然霊の最たるものだ。広大な縄張りを持ち、その地域の天候を操り、水脈を支配下に置き、山川のすべての生き物を司る。

神社で神として祀《まつ》られている場合さえあり、機嫌が良ければ豊作をもたらし、損ねれば不作や最悪災害をもたらす。強大な存在だ。

そのレベルの気の主が都内の住宅街に姿を現したのだ。手嶋が慌てるのも無理はない。

桁違《けたちが》いの気の主を相手にすると悟ると、手嶋はすぐさま四体の強力な式神を呼び出し、自分の周囲に配置した。

白布の面の男に、刀を持った若い洋装の男、白狐《びゃっこ》、そして狼《おおかみ》だ。

戦闘に特化した式神は手嶋だけを守り、巫女の術にかけられ身動きの取れない斎は放置されたままだ。

その間にも、巨大な気はどんどん迫っていた。術で思考と感覚を縛られた斎ですら、気圧を肌で感じるほどに。

しかし、強いことはわかっても、その質まではわからない。

王宮で衛兵に処刑されそうになった時よりも、今の方が分が悪い。

斎は全裸で、身を守るための道具も式神もなく、おまけに自身が術にかけられて指一本動かせない状況だ。その上、唯一の頼りの手嶋は、斎を守る気がまったくないときているのだから。

あぁ……いよいよ、本当に最後か。俺はここで死ぬんだな。たったひとつ良いことがあったとしたら、手嶋さんに突っ込まれる前に死ねることくらいだ。

斎が真実の意味で肌身を交わしたのは、ただひとり鳳璋だけだ。二度とも最悪な性交であったが、それでも、斎は満足していた。

少なくとも、恋はした。好きな相手と結ばれたのだから、俺の人生、そう悪いものでもなかった。

ささやかな幸せを噛みしめた斎の頬を、温かいものが伝う。

そして暴風雨のような気が間近に迫り、地下室の扉が、音をたてて弾《はじ》け飛んだ。

熱風が吹き込み、瞬いていた照明が完全に消える。

しかし、部屋の中は明るい。強い光が、グラウンドの夜間照明のようにあたりを照らしていたからだ。

『俺の妾を、返してもらおう』

まさしく王者の威厳に満ちた声が、朗々と響いた。いや、違う。耳が聞いたのではなく、頭の中に直接話しかけられたのだ。

「……妾?」

手嶋がつぶやいた時、壊れた扉から黒い弾丸が飛び込んできた。

『斎！　斎、斎、斎!!』

ひたすらに主の名を呼ぶ幼い声。玄狐が、異界から戻ってきたのだ。

四体の式神と斎の間に玄狐が着地した。小さな体で体毛を逆立たせ、玄狐がベテランの式神に対峙《たいじ》する。

けれども、式神たちは玄狐を一顧だにしなかった。玄狐の攻撃を一蹴《いっしゅう》できる自信があることも理由であるが、それ以上に地下室に姿を現した気の塊に集中していたからだ。

そして斎はといえば、ありえない可能性に心を震わせていた。

術で縛られている斎は、頭を巡らすこともできず、目で気の主を確かめられない。

しかし、ここまで近づけば、この気の正体もわかるというものだった。

――鳳璋様!――

声なき声で、斎が叫んだ。

鳳璋様が、ここに、来たんだ。でも、どうして……?

喜びと困惑に斎がとまどっていると、布団ごと体がふわりと浮いた。

手嶋とその式神たちが驚愕する目の前で、斎は、気の主のもとに移動した。

『その格好……。おまえ、こ奴らに何をされたのだ?』

『王様、斎は術で縛られてるから、答えられないよ。斎の額に触れてみて』

『……こうか?』

彫像のように固まった斎の額に、黄金に輝く羽根が近づく。

羽根にひと撫でされると、日の光のように温かな気が斎の中に広がった。太陽の光が雪を溶かすように、鳳璋の気により式神のかけた術が消えてゆく。

体の自由を取り戻した斎が、真っ先に見たのは、神獣もかくやと思しき、見事な黄金に輝く巨大な鳥であった。

その鳥は、この世のものではなく、強いていえば雉《きじ》や孔雀《くじゃく》に似ているが、もっと美しく力強い。まさしく鳳凰、朱雀《すざく》が現世に降り立ったかのような姿だった。

「鳳璋様……」

斎が腕を伸ばし、鳳璋に抱きついた。別れの直前、処刑されかけたことも忘れて鳳璋にすがりつく。

美しき神獣が、片翼で斎の体を包み込んだ。大きな翼は、斎の肩から膝裏までをすっぽりと覆い隠す。

『おまえには、むごい仕打ちをした。すまない。そして、緋燕の簪を届けてくれたことに礼を言う。ありがとう』

温かな気とともに、労りの言葉が慈雨のように斎を潤わせてゆく。

『これだけは先に言っておくが、おまえの処刑を命じたのは俺ではない。大司馬のしたことよ。官人の暗躍を許した俺の失政におまえを巻き込んだ。これは、いくら詫《わ》びても詫びたりぬ。本当に、すまなかった』

「……本当ですか？　本当に、俺を殺そうとはしなかったのですか？」

斎は、鳳璋から殺したいほど憎まれていると思っていた。それが違うとわかっただけで、体から力が抜けていった。

『そうだ。だから、俺自らおまえを迎えに来たのだ。王宮に戻ると約束してくれるか？』

斎はとっさに返事に迷った。しかし同時に、背に生えた羽根を思い出す。

こんなものが生えてしまった時点で、俺はもう、どっちつかずの人間になってしまったんだ。ここと異界と、残りの人生をどちらで過ごした方がいいかと言えば……夏華だ。

あちらに戻れば、少なくとも外見上は、普通の人間でいられる。

異形となった我が身を悲しく思いつつ、斎がうなずいた。

「行きます」

『そうか』

斎の返答を確認すると、鳳璋は手嶋に向き直った。

『そなたが斎を愛人にしようとした男か。悪いな、斎はすでに俺のものだ。王の妾に手を出した無礼は不問にしてやる故、おとなしく諦めろ』

「……おまえは、何者なんだ？」

完全に鳥の形態を取った――しかもその姿は神獣だ――今の鳳璋と山怪が手嶋の中では結びつかなかったようだった。

手嶋の問いに、鳳璋が尊大な口ぶりで答えた。

『朱豊国が王、晁鳳璋。そなたらの言葉で言えば、山怪の王だ』

「なっ……っ」

鳳璋の告げる正体に、手嶋が息を呑んだ。式神たちにざわめきが走る。

その反応も当然だった。ロールプレイングゲームで言えば、ゲーム中盤に勇者のもとへラスボスが訪れたようなものなのだ。

そして、これはゲームのイベントではなく、現実だ。戦って負ければ、即、死。生き返りの便利な呪文も魔法もない。

絶望的な状況にもかかわらず、戦意を失わない手嶋たちに、鳳璋が笑声をあげた。

『そのように睨みつけるな。俺は、斎を迎えついでに、話をつけに来ただけだ。そなたらが結界と呼ぶ小細工を多少乱暴に壊しはしたが、悪気があってのことではない。許せよ』

結界を破壊……？　そうか。先ほどの地震。あれは、この家を守護する結界が破壊された衝撃だったのか。

いったいどんな手段で破壊したのか。鳥の相貌《そうぼう》をした鳳璋を斎が仰ぎ見るが、わかるはずもない。そんな斎の胸元に玄狐が飛び込み、嬉しげに種明かしをはじめる。

『王様、すごかったよ。最初に門と一緒に第一の結界を壊しちゃったの。その後、敷地に埋めていた術具を、特撮番組の爆破シーンみたいに地面ごとどんどん吹き飛ばして、残りの結界を無効化したんだ』

……術を壊すのに、術を用いるのではなく物理で直接攻撃とは。鳳璋様ほどの念動力があってこそ、だな。そして、思念をメインに張っていた結界は、鳳璋様の強い気を受けて相殺され消え去ったか……。

桁違いの力に、斎が感心半分呆《あき》れ半分で鳳璋を見やった。その鳳璋は、朱金の気を放ちながら、手嶋と対峙している。

「話？　信じられるものか。仲間の仇を討つため、俺たちを殺しに来たのだろう？」

『……そなたがそう思うのは自由だが、俺の目的は先ほど述べた通りだ。それに、そなたを殺すことなど、造作もないことだ』

鳳璋がそう言った瞬間、地下室の壁がえぐれ、ひびが入った。ざらざらと音をたてて破片が床に落ち、もうもうと埃《ほこり》が立つ。

わかりやすい例示に手嶋が顔色を失い、余裕たっぷりに鳳璋が言い放つ。

『納得したか？』

「……っ！」

すさまじい力を示した鳳璋を、悔しげに手嶋が睨みつけた。そして、肩で大きく息を吸うと、怜悧《れいり》な術者の表情で鳳璋に向き直る。

「斎を迎えると言ったが、斎は人間だ。化け物が人間と何をするつもりだ？」

『この姿では信じられまいが、元の世界に戻れば、俺は人の姿に戻る。どういう仕組みかわからないが、俺の世界――夏華という――の住人は、こちらの世界に来るとそなたらが山怪と呼ぶ異形に変化するのだ』

「人間、だと？」

この仕組みを知らなかったのか、手嶋たちがあからさまに動揺する。

『そうだ。そなたらと外見も中身も変わらない、人間だ。そして、斎が戻れば、することはひとつ。すでに二度ほどこいつを抱いたがな。なかなかに美味だった』

「ほ、鳳璋様！　どうして、そんなことをここで話すのですか！」

セックスしたと公言されて、真っ赤な顔で斎が抗議する。

『斎は俺のものだと説明するためだ。手嶋とやら。おまえは斎に懸想していたようだが、斎は俺と出会ったその日に情を交わした。そして斎は俺にもっとしてとかわいらしく懇願したのだ。わかるか？　斎は身も心も俺に捧げている。余人の入る隙はない』

鳳璋の言葉は、決して嘘《うそ》ではない。ただ、重要なキーワード――無理やり、薬を使った、斎が我を忘れた状態の時、など――が、すっぽり抜けている。

まったく、鳳璋様ときたら……！

羽根の陰で、斎が鳳璋の胸を軽く拳《こぶし》で打つ。

そんなふたりの無言のやりとりを見て、手嶋が心底軽蔑《けいべつ》したように吐き捨てる。

「斎、その男とやったのか。自分から、股を開いたのか。そんな化け物に！」

手嶋は鳳璋の真の姿を知らないためか、人間だと説明されても、今の姿の鳳璋と斎がセックスしたと思い込んでいる。

それは、無意識に自分が殺人者だと否定したいが故の曲解なのかもしれなかった。

「俺が獣姦したと言いたいのですか、手嶋さん。……夏華の国でのこの人は、モデルや俳優と同じくらい、いや、それ以上に整った顔立ちの美男子ですよ」

鳳璋の翼の中で斎が身を転じ、暴言を吐いた手嶋を睨みつける。

「だが、この姿の鳳璋様とあなた、どちらか選べと言われれば、俺は、鳳璋様を選びます」

『ほう』

斎の頭上で、鳳璋がまんざらでもない、という声を出す。調子に乗る鳳璋をあえて無視して、斎は手嶋に向かって語り続けた。

「俺は、鳳璋様の持つ温かさに惹かれたんです。手嶋さん、師匠を失って悲しんでいた俺に、あなたは優しくしてくれました。その親切には、感謝しています。けれども、あなたの好意は俺の心に響かなかった。鳳璋様は土足で俺の中に踏み込んできました。いっそ無神経なくらいに。でも、俺は……それくらいでないと、駄目なんです」

「相性の問題と言いたいのか?」

「そうかもしれません。俺は、恋愛経験がないので、よくわかりませんが」

いったん斎が言葉をつぐみ、改めて手嶋を見返した。

「いずれにせよ、あなたは俺が山怪になったとわかったら殺そうとしました。そして、俺をここに閉じ込め、自由を奪ってセックスし、あまつさえ実験の道具にしようとした。……俺は、手嶋さんのそういうところが、生理的に駄目だったのかもしれません」

そうか。鳳璋様と手嶋さんは、真逆なんだ。

喋りながら、斎は自分の心の真実に気がついた。

鳳璋様の温かい手、手嶋さんの冷たい手。それにすべてが、集約されている気がする。

背中を鳳璋に預けながら、斎が翼に手で触れた。息を吸うと、多少汗臭くもあったが、幾度も斎を魅惑した、あの甘くスパイシーな香の匂いがした。

手嶋が口を閉ざし、悔しげにうつむく。そこへ、畳みかけるように鳳璋が言った。

『そういうわけだ。手嶋とやら、振られたのならおとなしく身を引くがよい。そして、そろそろ次の話をしようではないか』

「話?」

『そうだ。そなたらが山怪と呼ぶ、我が国——いや、夏華すべて——の民を、今後一切殺さず、穏便に元の世界に戻してほしい』

「無理だな。あいつらは、みな凶暴で、放置したらどんな被害が出るかわからない」

鳳璋の希望を、手嶋が即座に却下する。しかし、鳳璋は諦めなかった。

『凶暴なのには理由がある。……想像してみてくれ。こどもを愛する普通の母親が、昼日中に突然曲者《くせもの》に捕らえられ、気絶させられ、夫とこどもと引き離されて、この世界に運ばれるのだ。目覚めれば、知らぬ場所にひとり。戻り方はわからない。おまけに自分の身は異形に変じている。……その上で、言葉も風俗も違う人間に、集団で、問答無用で襲われるのだ。半狂乱で抵抗しても、おかしくはなかろう』

喩《たと》え話と言いつつ、鳳璋がしているのは、緋燕の話だと斎にはすぐにわかった。

ささやかな幸せが壊される憐れさに、さすがに手嶋の気勢も弱まった。

「……確かに、そんな事情があったのなら、あの狂乱ぶりもわからなくもないが……。随分と具体的な例だな」

『俺の妃の身に、実際に起ったことだ。俺の妃、緋燕は……緋燕を疎んじた王宮内の勢力にかどわかされ、この世界に放置されたのだ。そなたたちに殺させるためにな』

「…………つまり、おまえらの権力争いに、俺たちが利用されたのか？」

『そうだ。その結果、緋燕は山怪としてここでそなたらに殺されたのだ。……ここにいる斎の師匠を道連れにな』

「陽輔さんを殺した、あの山怪か！　では、おまえと斎は仇同士じゃないか。おまえは、それを知っていて、それでも斎を迎えに来たのか？　なぜだ？」

そうだ。その理由を、俺も知りたい。

斎は嘴《くちばし》の生えた鳳璋の顔をひたと見つめる。手嶋もまた、解せないという顔で鳳璋を見た。

その場の視線が鳳璋に集まる。そして、鳳璋はゆっくりと語り出した。

『……斎は緋燕を殺す手伝いをしたが、斎に罪はない。そして、そなたたちにもな。直接手を下したのが誰であろうと、こちらの世界の者に、一切の非はない』

きっぱりと鳳璋が言い切った。

『この姿で俺が、王都に現れれば、兵らに討伐されるであろう。それと同じだ。そなたたちは、そなたたちの世界を守るため、当然のことをしたのだ。……責めを受けるべきは、俺だ。大司馬がこのようなやり方で邪魔者を葬っていたことに、今の今まで気づかなかった。そのために、そなたたちの大事な仲間が幾人も犠牲になり、治らぬ傷を負ったであろう。本当に、申し訳ない。俺にできるつぐないならば、いくらでもするつもりだ』

異形の姿をしていても、鳳璋の表情は痛ましげであった。

その声は、仲間を失い、傷ついた経験を持つ斎や手嶋の苦しみと悲しみを、鳳璋も共有しているかのような、深い哀切に満ちていた。

鳳璋には、想いが伝わる。届いている。理解されている。

心から素直に、そう信じられる。気を自在に操る斎や手嶋だからこそ、鳳璋の言葉に嘘偽りのないことが、わかってしまうのだ。

人は、自分が理解された時、心が無防備になる。普段は硬い殻に閉じ込めている、柔らかく純粋な部分が発露するのだ。

山怪の王の意外な反応と言葉に、手嶋がとまどったように目を見開いた。

それまで沈黙していた手嶋の式神たちも同様で、目に見えて敵意が弱まる。

『主よ、この者の話を聞いてみてはいかがでしょうか』

ふいに巫女装束の式神が現れ、手嶋の肩に手を置き、優しく提案した。

「だが、静流《しずる》……」

『主も、わかっているはずです。この者の提案は、私たち式神にとっても、非常にありがたい申し出です。どうか、ご一考くださいますよう』

静流という名の式神の、可憐《かれん》な懇願に、手嶋はバツの悪そうな顔をする。

その時、地下室の入り口から男の声が響いた。

「昭太、静流の言う通りだ。そのように大事な話を、なぜ私を通さずに決めようとする」

「父さん?」

男は、手嶋家の当主であり一族の長、手嶋昭一《しょういち》であった。

族長は五十九歳。知的であるが、それ以上に族を束ねる長としての包容力が前面に出た人物だ。恰幅《かっぷく》の良い堂々とした姿は、さすが地元の名士といった趣きであった。

ワイシャツにネクタイ、ズボンの上に白衣を着た族長の背後に、静流によく似た――ひとめで姉妹か双子とわかる――巫女姿の式神が控えている。

「いつまでもやってこないと思ったら……おまえはいったい、何をしているんだ! 話はすべて静音《しずね》から聞いているぞ!!」

大声ではないが、気迫に満ちたの族長の叱責に、手嶋がうつむいた。

そうして、族長は斎と鳳璋の方に向き直り、息子の非礼を詫びるように目礼した。

「藤岡君、山怪になったらしいね。確認したいから、背中を見せてくれないかな」

医者が診察時に患者にかけるような声だ。斎は素直に従い、族長に背中を向けた。鳳璋がそれに合わせて翼を下ろし、斎の背中が半ばまで露わになった。

「……わかった」

斎の背中を一瞥《いちべつ》し、族長が重々しくうなずく。それに呼応するように、静音が部屋の隅に捨て置かれていた斎の衣服を持って近づいてきた。

ここで斎が着替えることになり、話し合いはいったん中断した。

手嶋に舐め回されたまま、シャワーも浴びずに服を着るのは気持ち悪かったが、そうは言い出せない緊迫した雰囲気があった。

斎が急いで着替えを終えると、話し合いが再開した。

布団が畳まれ、地下室に座布団が――鳳璋の分も入れて――四枚とお茶も同数用意された。座布団に座るのは、斎と鳳璋、その向かいに族長と手嶋であった。

式神たちは、いつの間にか静流と静音の二体を残して消えている。

鳳璋が座布団に座るが、大幅に体がはみ出していた。胸元あたりがふっくらと膨らんで、とても触り心地が良さそうな姿になっている。

手嶋が居心地悪そうに座布団に正座したところで、族長が話の口火を切った。

「――あなたと息子の話は、ここにいる私の式神、静音によりすべて伝え聞いております。晁鳳璋殿、あなたが山怪の王であることに、相違ないですか?」

『そうだ。証明することは……この姿ではできないがな』

『この人は、本当に王様でした。あっちでは人間の姿をしていました』

すかさず斎の膝の上で玄狐が保証する。すると、族長が穏やかな面貌《めんぼう》を鳳璋に向けた。

「神使は、嘘をつけません。玄狐の言葉で十分です。さて、あなたは元は人間だそうですな。あなたの国の方がこちらに来ると、姿が変わる。これは、本当なのですか?」

問いかけに鳳璋が重々しくうなずくと、族長は悲しげにため息をついた。

「なんてことだ……。異界人とはいえ、人を討伐していたとは……。今、あなたと会話ができるように、山怪とも話ができれば、違う手段も取れただろうに……」

『俺は、あらかじめ異界人と言葉が通じる仙薬を飲んでいる。なんの用意もない人間がこちらに来れば、言葉は通じない。……そなたが自分を責める必要はない』

大鳥の口から発せられる慰めの言葉に、族長の表情がわずかに晴れる。

「そう言っていただけると、少しだけ、気が楽になりますよ」

『元より、そなたたちを責めるつもりはない。原因は、こちらにある。こちらの世界に夏華人を置き去りにしていた者どもは、捕らえて牢に入れた。どれほどの人間がこの件に関わっているか、全力で調べているが、ひとり残らず逮捕し、しかるべき処分を下す。異界との境界の管理は、今後、光禄勲——俺の近衛だ——の直轄とする。新たな境界が発生せぬ限り、この世界に夏華人が訪れることがないよう、仕組みを整えるべく動いている』

「……打つべき手は、すでに、打ってある、と」

『そうだ。それ故、俺が最後の仕上げ——いや、けじめをつけに来た。もし、今後夏華人が訪れた際には、保護して元の世界に送り返してほしい。そういう約定を、結んでもらえないだろうか。つぐないならいくらでもする。相応の礼も用意する。金や宝玉でつぐないができるなどと思ってはいない。だが、最大限、そちらの要望に応《こた》えるつもりだ』

切々と訴え、鳳璋が深々と頭を下げた。

その場を沈黙が支配し、ややあって族長が重々しくうなずいた。

「……わかりました。今後は、そのように取り計らいましょう」

「お父さん、いいんですか？」

それまで黙っていた手嶋が、父にやんわりと異議を唱える。

「俺たちはよくても、他の人たちが納得しないのでは？」

それはそうだ、と斎もひっそり同意する。

俺や族長は、直接鳳璋様を知っているが、他の者はそうではない。山怪の王というだけで、その言葉を信じない者もいるだろう。

それに……山の管理人のように、障害の残ってしまった人もいる。身内を亡くした人もいる。そう簡単に、「はい、異界人と和解しました。これでこの件は終わりです」というふうに割り切れるはずがない。

「私もわかっている。ここ数年で出た被害はあまりにも大きいからな。だが、姿が山怪に変わったとはいえ、人を――私たちと敵対していない人間を――殺すような真似《まね》は、これ以上重ねてはいけない。それに、言葉が通じる薬をこちらにも常備できれば、争うことなく元の世界に帰ってもらえる。異界人への対処は、我が一族の代々の責務だ。ならば、これ以上無駄に被害を出さないのが、最上の解決策だ。そう説明して、納得させる。……多少時間はかかるだろうが、術者は基本的に現実主義者だ。全員一致は無理でも、賛成派で過半数は超えるだろう」

そう息子に説明すると、族長は再び鳳璋を見た。

「私の責任において、この話をまとめましょう。とはいえ、こちらからあなたに請求する賠償は、この場では算定できません。被害が、あまりにも大きいものですから」

『いくらでも待とう。決まり次第、書面にしたためて使いを寄越してくれ。……いや、定期的にこちらとそちらで連絡を取れれば、それが一番いいか……』

『お使いなら僕がするよ。手紙を持って、こっちとあっちを往復すればいいんだよね』

かわいらしい声の申し出に、族長が膝を打つ。

「それはいい考えだ。……しかし、藤岡君の意見も聞かないと」

「俺は、玄狐がそうしたいなら、反対はしません。いずれにせよ、こんな体になってしまっては、夏華の世界に行くしかありません。幸い、鳳璋様が俺を保護してくださることになりました。しばらくの間、一日一度、玄狐を使いに出します。それでいいですか？」

それから、話はとんとん拍子に進んだ。

大枠は決まったのだから、細部を詰めてゆくだけだ。ついでに、鳳璋が壊した本宅の修理費も、賠償として支払われることになった。

そして、斎が鐘に処方された傷を治す仙薬の話をすると、金や宝玉以外に、それら仙道の薬や処方、その材料も、手嶋一族への賠償に含まれることになった。

小一時間ほどで話は終わり、手嶋と族長は慌ただしく地下室から出ていった。

手嶋は診察のため、族長はこの話を他の一族の者へと連絡するためだ。

斎と鳳璋は、夜になるまで地下室で待機となった。鳳璋の外見が外見なので、日が暮れてから車で境界のある山まで移動した方が良いからだ。

「話がまとまってよかったですね」

ふたりきりになると、斎が鳳璋に寄りかかり、ふわふわの黄金の羽根に顔を埋める。

斎がうっとりして目を閉じると、鳳璋が翼を広げて斎の体を抱き寄せた。

ふわふわで温かく、まるで、自分が雛鳥《ひなどり》になった気分だ。

斎と鳳璋の間にある、狭い隙間に頭から玄狐が割って入る。

『ねえ、斎。今の斎の気は、陽気の塊だ。美味しそう。……食べていい？』

『食べるとは、また不穏当な発言だな。斎、おまえは子狐にその身を与えていたのか？』

「違います！　玄狐の糧は気だと前に説明しましたよね。玄狐は俺の気を食べるんです!!

……ほら、玄狐、食べるといい」

手のひらから溢れた気が、蜜のように流れ、指先から滴り落ちる。玄狐は斎の手を前脚で押さえると、濃密な気を吸い取ってゆく。

『甘いねぇ。甘くて、すごく美味しいよ。こんな味は初めてだ』

「そうか。気が済むまで食べるといい」

夢中になって気を貪《むさぼ》る玄狐に、斎が慈愛に満ちたまなざしを向ける。そうするうちに、斎は強い眠気に襲われた。

「ほっとしたら、急に疲れが出てきました」

『眠いのか？』

「すみません、鳳璋様と別れてから、ちょっといろいろありすぎて……」

そう答えた時には、斎はまぶたが重く、目を開けているのもつらくなっていた。

鳳璋様から酷い目に遭って、その後すぐに衛兵に殺されかけて、なんとか逃げて……。

やっと戻ってきたと思ったら、この騒ぎだ。

斎の体感時間では、一日に満たない間に起こった出来事だ。盛りだくさんすぎて、疲労が極限まで達していた。

『……そうか。ならばゆっくりと休むといい。俺が傍についていてやる』

優しい声が、遠くに聞こえた。そして斎はこの上なく安らかな眠りについたのだった。


斎が寝台で目覚めた時、人間の姿に戻った鳳璋が冊子を手に隣に座っていた。どうやら、報告書に目を通していたようだ。

鳳璋様が人の姿に戻っている……ということは、ここは夏華なんだな。

寝ぼけた頭でぼんやりと考えつつ、斎が首を巡らせた。見覚えのある調度品に、景仁宮の寝室にいるのだと理解する。

「起きたか」

鳳璋は読んでいた冊子を袖机に置くと、斎に覆いかぶさってきた。

「随分と疲れていたのだな。夜になっても起きないし、車とやらで移動する間も死んだように眠っていた。この分だと、俺の背に乗って山を飛んだことも、境界から王宮まで玄狐に運ばれたことも、体を拭《ぬぐ》い夜着に着替えさせたことも、覚えてないのだろう？」

「……そんなことがあったんですか。すみません、まるっきり気がつきませんでした」

瞬きして斎が自分の体に目を向ける。鳳璋が言ったように、斎は白絹の夜着を身につけていた。襟に手を入れ、肌を確認し、なめらかな感触に斎はほっとする。

よかった。人間に……戻ってる。

安堵した斎がそっと息を吐いた。

「おまえは景仁宮に戻ってからも眠り続け……かれこれ三刻。合計で十刻ほどか。そろそろ起こした方がいいのではないかと思っていたところだ」

夏華の一刻は二時間。つまり、斎は二十時間も寝ていたことになる。

「玄狐はどうしているのですか？」

斎が目覚めたとわかったら、真っ先にやってきそうな玄狐の姿が未だ見えない。不思議に思って尋ねると、鳳璋が苦笑しながら斎の手を握った。

「王子たちのもとにいる。璋鵠が玄狐をいたく気に入ったようだ。……あぁ、あの巨大な狐の姿ではなく、今は緋燕の姿に化けている」

「化ける⁉　玄狐が人の姿に変化するには、あと百年はかかるはずなのに」

「夏華の空気が、成長を加速し力を増大させた……と、玄狐が言っていた。だが、中身の方は変わらず、小さくてかわいい子狐のままだがな」

「そんなことになっていたのですか……」

眠っている間の状況の変化に、斎が切なげなため息をつく。

「どうした、ため息などついて」

「玄狐が王子様方のところに行ったということが……そうですね、寂しいんです。あの子とは、いつも一緒にいるのが当たり前と思っていましたから」

玄狐は、眠り続ける斎ではなく、ほぼ初対面の王子たちと一緒にいることを選んだ。そのことで斎は、玄狐に見捨てられたような気がしたのだ。

馬鹿だな。玄狐がそんなこと、するはずないのに。

そう考え直しても、寂寥《せきりょう》感が込み上げてくるのはどうしようもない。まぶたを伏せ、悲しげな顔をする斎に、鳳璋が不満げな顔を向ける。

「俺がいるのに、寂しいか？」

「俺の分身のようなものですから。玄狐がいないと、落ち着きません」

斎が答えると、鳳璋が耳元に顔を寄せてきた。そして、甘すぎるほど甘い声で囁いた。

「あいつには、俺から王子たちのもとへ行くように頼んだのだ。玄狐も気を利かせて快諾してくれた。だから、おまえが気に病むことはない」

囁きながら、鳳璋の手が斎の襟に忍び寄っていた。温かな大きな手が胸に触れ、それだけで斎の肌がざわめいた。

「まだわからないのか？　俺とおまえが閨にいる間は、遠慮してくれたということよ」

鳳璋の手が斎の胸から脇の下に入り、柔らかい皮膚の感触を味わうように敏感な場所を指先でくすぐった。

スキンシップ過剰な鳳璋だが、斎は今までこんな場所をこんなふうに触られたことはない。たとえ、性行為の間であっても、だ。

愛撫とともに熱っぽい気が鳳璋の体軀《たいく》から放たれ、斎の全身に絡みつく。

それはまるで、鳳璋の心が見えない手となり、愛撫しているようだった。

斎の中で、簪のことを聞き出すために鳳璋がしたことは、セックスにはカウントされていない。尋問と捉えている。

迎えに来てくれたことで仇同士という関係は修復されたと思ってはいるが、斎を連れ戻しに来たのは、妾契約を続行するためだと斎は認識していた。

「何をするんですか。俺をからかうのは、やめてください」

斎は鳳璋の手を握り、動きを封じ込めた。本当は強く撥《は》ね除《の》けたかったが、そうするには、斎は鳳璋を好きすぎていた。

自分から鳳璋の愛撫を拒むことなど、斎にはできない。

鳳璋の腕の中で身を捩り、背を丸め、夜着の上から両腕で自分の体を抱いた。すると、鳳璋がさらにその上から斎を抱き締める。

背中に感じる熱と重さに、斎の体の奥底で何かが目覚めはじめてしまう。甘い疼きと火照《ほて》る肌を、斎が必死に押し殺した。

「からかってなどいない。あちらの世界で言ったはずだ。おまえを抱くと」

「俺には、手を出さないのではなかったのですか？」

「手嶋とやらに抱かれているおまえを見たら、気が変わった。おまえが他の者のものになるのは、我慢できない。だから、俺のものにする」

「……どうして急に、気が変わったんですか？」

突然の鳳璋の転身に、斎がとまどいながら尋ねる。

「どうしてなのかは、自分でもわからない。いや違う。おまえを初めて見た時から、俺はずっとわからないのだ。どうしておまえを妾にしようと思ったのか。なぜ、逆らうおまえを屈服させるため、あえて性交を手段に選んだのか。なぜ、おまえの温もりが欲しいという望みを、心の底から叶《かな》えたいと思ったのか。なぜ、臣下の制止を振り切り、政務を放棄してまで、単独でおまえを異界に迎えに行ったのか……」

鳳璋が、なぜ、と語るたび、湿った息が斎の髪を揺らした。寝台にうずくまる斎の夜着の裾を、鳳璋がめくり上げ、白い太股に指を這わせる。

「斎よ、おまえには、なぜかわかるか？」

「……わかりません」

「おまえは、つくづく計算のできない人間だな。そういう時は、色気たっぷりの声で『王様が俺を好きだから』と答えるものだぞ」

「……っ！」

憐れみの声で正解を教えられ、反射的に怒りが湧いた。

何か言い返そうと口を開きかけた時、斎は鳳璋が自分に告白をしたのだと気づいた。

斎の全身が歓喜に染まり、体が熱くなる。

しかし、すぐに理性がそんなことはありえない、と斎に囁いた。

「俺は、お妃様を殺した人間の仲間なんですよ。どうやったって、あなたが俺を好きになるはずないじゃないですか」

「俺の気持ちを、おまえが勝手に決めるな」

憤慨した口ぶりで鳳璋が返す。その時、鳳璋の手は太股から脚のつけ根に至っていた。柔らかな皮膚を指先が上下すると、体の芯が疼きはじめた。

湿った息を吐き出すと、鳳璋の手が股間のすべらかな部分へ移動した。今度はそこを中心に責めはじめる。

「はぁっ……んっ……」

上下に擦り、そして焦らすようにそこで円を描く指に、斎の意識が集中してしまう。

あぁ……どうしてこんなに、鳳璋様にされると、興奮するんだろう。

その答えを、斎は知っていた。自分が、鳳璋を好きだからだ。鳳璋の腕の中があまりにも心地良いから。

けれども今は、心地良さは感じず、息苦しいほど濃厚な鳳璋の気に、斎は呑まれそうになっていた。

欲望とも違う。怒りとも違う。親愛の情とも違う。斎の知らない、エネルギーだ。

そしてその気は、斎の感度を上げる作用を及ぼした。

鳳璋の指が気まぐれに後孔や陰嚢《いんのう》に触れるたび、声をあげてしまうくらい、斎は昂ぶりはじめていた。

そんな斎の状態を知ってか知らずか、鳳璋が柔らかい声で語りかける。

「斎よ、俺は緋燕がおまえの仲間の手にかかって命を落としたと知った時、おまえを責め、拒絶した。……だが、おまえは、ただの一言も緋燕を責めなかった。立場を変えてみれば、緋燕こそが、おまえのたったひとりの家族を殺した憎い相手だというのに」

喋りながらも、鳳璋の手が双丘の割れ目を撫で上げてゆく。窄まりの上を通過した時、斎のそこに力が入り、胸に切なさが込み上げる。

二回しかしたことがないのに、俺はここで……鳳璋様が欲しくなっている。

後孔への刺激に反応して、陰茎が膨らみ、股間でゆらめく。

「そのことに気づいた時、俺は自分を恥じ、そしておまえの心ばえに胸を打たれた。一国を治める重責に耐える孤独は、おまえでしか慰められないと、その時、悟ったのだ」

無視できない真摯《しんし》さがその言葉には含まれていた。

「鳳璋様……？」

「どうか、俺が怒りに我を忘れた時、進むべき道を照らす灯火《ともしび》になってくれ。そして、俺の胸に開いた穴を埋めてくれ。俺の孤独を癒してくれ。おまえの、心と体で」

鳳璋の声を聞くうちに、斎の体から力が抜けていった。斎を求める鳳璋の想いが、砂地が水を吸い込むように、斎の心に浸透していったのだ。

もしかして、この濃密な気の正体は、愛情、なのだろうか？

それは、斎が想像していたものとは、まるで違っていた。強くはあるが、明るく美しいだけではない。もっといろいろな感情を内包している。

だが、それは当然だ。一国の王ということは、すべての責任を取るということだ。うかつな発言も決断もできない。とはいえ、慎重でありすぎてもいけない。即断が必要な時もある。難しく重い立場なのだ。

そもそも鳳璋は、王宮に余計な波風を立てないために、異界人である斎を妾にした。そのような判断をする人間の抱く愛情が、シンプルなわけがない。

何より、鳳璋がただ斎を抱きたいだけならば、最初の時のように力に訴えることもできた。それなのに、鳳璋は力を行使しなかった。

――鳳璋様は、きちんと俺を愛している。俺を求めて、必要としている――

そう結論が出た時、斎の中の凝り固まった何かが、崩れて溶け、そして消えた。

斎が頭を上げ、鳳璋の顔をまっすぐに見つめ返す。

「わかりました。……俺はこれから、お妃様の代わりに、鳳璋様を慰めましょう」

「緋燕の代わりは誰にもできない。そして斎よ。おまえの代わりも、誰にもできない」

心得違いをしていた斎を穏やかに諭すと、鳳璋がゆっくりと顔を近づけてきた。

斎がゆるやかにまぶたを閉じると、唇が重なった。

触れた場所から、鳳璋の気が伝わってくる。それに遅れて、柔らかく唇をついばまれる感触があった。

鳳璋は斎の唇に軽い口づけを繰り返しながら、夜着を結ぶ帯に手を伸ばした。軽く引っ張られる感触と同時に、絹の擦れる音がして帯が解ける。

「力を、使わないのですか？」

繰り返しついばまれ、しっとり濡れた唇で斎が尋ねる。

「好きな者の服を脱がすのに力を使っては、味気なさすぎるだろう？」

鳳璋は嬉しげな顔をして、斎の襟に手を差し入れた。

手のひらは布の上だが、指先だけが斎の素肌に触れている。

そのまま鳳璋が下へ手を動かす。触れるか触れないかの軽いタッチで指先が肌を撫で、鳳璋の指が触れた場所から静電気に似たざわめきが走った。

「ん……。んっ、……あぁ……」

鳳璋の指が股間の陰りに至った時には体に力が入り、膨らみかけた性器の真横を通り過ぎた時には、切なげに息を吐く。

鳳璋の手が裾を過ぎると、斎は両腕こそ夜着に袖を通したままだが、鎖骨から胸、腹部、そして股間や太股まで、すべて露わになっていた。

満足げな顔で鳳璋が斎の肢体を見下ろす。そのまなざしは、強い力を持っていて、斎は鳳璋の視線に愛撫されているかのように感じた。

いや、違う。実際に斎は、鳳璋の見るという行為を通して注がれる気を感じていた。

鳳璋の視線に晒《さら》された場所は、肌が気圧を感じてざわめいた。

性欲混じりのそれは、皮膚の毛穴から体内へと浸透し、斎の身も心も、欲望に染めてゆく。

「そんなに見ないでください。……俺の裸なんて、何度も見たでしょう」

触れられてもいないのに感じる自分が恥ずかしい。

胸元と股間を腕と手で隠しながら斎が訴える。

「愛しい者は、見飽きることはない。そうやって恥じる姿にもそそられるものだ」

鳳璋の視線に晒されて、斎の体は熱を帯びはじめる。手で隠した股間では、性器が脈打ち、腕の下では両の乳首がざわめいていた。

ねっとりした視線を内股に感じると、自然と斎の腰が揺れた。

「斎は、見られるだけで感じるのか。随分と敏感になったものだ」

「やめてください」

そういうふうに言われると、自分が淫乱《いんらん》なような気がしてきた。

鳳璋の言葉に煽られて、体の内側がより熱くなっている。

「陽物はどうなっている？　すでに濡れているのではないか？」

言いながら、鳳璋が斎の股間に手を入れた。斎の手の下から指を潜り込ませ、硬さを増した性器を撫ではじめる。

「ん、ん……っ」

視線で犯され、言葉で煽られての愛撫だ。鳳璋の指を感じただけで、斎の股間に血液が集まった。

「濡れてはいないな。だが、だいぶ硬くなっているぞ」

生々しい言葉に羞恥心《しゅうち》が煽られ、真っ赤な顔をした斎が頭を左右に振った。

股間を押さえる手の力が弱まると、鳳璋が斎の陰茎を軽く握った。

「あぁ……っ」

「握っただけで勃起するとはな。……では、こうすると、どうだ？」

嬉しげな声で言いながら、鳳璋が斎の茎をしごきはじめる。

「んっ、気持ちいい……です……」

愛する人に愛撫される幸せに、斎が正直に感想を口にした。

「珍しく素直に答えたか。褒美に、もっとよくしてやろう」

嬉しげな声がしたかと思うと、亀頭がぬるりとした温かいものに包まれた。強い快感が生じて、斎が息を呑み、反射的に腰が浮き上がる。

鳳璋は、斎の性器を口にしていた。

……まさか、鳳璋様が、フェラチオをするなんて！

驚きのあまり言葉を失った斎の先端を、鳳璋は美味そうに咥えていた。たっぷりと唾液《だえき》で濡れた舌で、小さな孔や継ぎ目を丹念に舐めはじめる。

斎は自分が見ている光景が信じられなかった。

よりにもよって王という立場の鳳璋が同性の性器を口にするなど、想像の範囲外の出来事だったからだ。

でも、これは現実だ。鳳璋様が、国王である鳳璋様が、俺のを舐めているんだ……。

鳳璋様の俺に対する気持ちは、本物だ。

心の中で、そんな言葉が生まれた瞬間、斎は魂が震えるような感動を覚えた。

「鳳璋様、愛しています。俺のすべては、あなたのものです」

「……これはこれは、随分と熱烈な愛の告白だな」

斎の陰茎から口を離し、鳳璋が嬉しげに答えた。喋る間も、斎の袋に手を伸ばし、やわやわと刺激を与えている。

「だって、鳳璋様が、俺のを……口でしたりする、から……っ」

絶妙な力加減の愛撫に、斎は胸元を覆っていた腕を外し、すがるものを求めて上掛けを握りしめた。

「嬉しくて……。俺は、鳳璋様に愛されてるって……んっ」

今度は、鳳璋が先端に手のひらを添え、回転させながら茎を根元から舐め上げた。

みるみるうちに斎の竿がそそり立ち、先端が赤く染まった。裏筋を鳳璋の舌が上下すると、たまらず蜜が溢れ出す。

「はぁっ……、んっ、あぁ……っ」

集中的に性器を責められ、斎の唇から甘い声が続けざまにあがった。

「ようやく声が出はじめたか。だが、斎。おまえはもっといい声で鳴けるはずだ」

傲慢《ごうまん》な発言に斎が返す間もなく、鳳璋が柔らかい袋を口に含み、唾液で濡れた竿に手指を這わせる。

「っ！　んっ。んん……っ」

込み上げる快感に、斎の体がのけぞった。

急激に集まる熱と血に、竿が力強く脈打ちはじめる。

「やっ。あ、そんな……っ。駄目、あぁ……っ」

強すぎる刺激に斎の目に涙が浮かぶ。しかし、鳳璋は斎の言葉を気にも留めずに、口腔《こうこう》内で玉を転がすように舌を動かす。

「あぁ……。あっ、あっ……っ」

手を替え品を替え繰り出される妙技に、斎の内股に力が入る。両脚がつっぱり、指先まで反り返る。それほどの、快楽だった。

「んっ……。鳳璋……さ、ま……っ。もう、もう……イく……っ」

全身の肌がざわめき、斎は目を閉じ、強く夜具を摑んだ。

鳳璋は斎の訴えを聞くと、すかさず竿を根元から擦り上げ、陰嚢を強く吸い上げた。

「！　……っ!!」

瞬く間に粘液が細い管を駆け上がり、小さな孔から勢いよく吐き出される。

「はぁっ……ん。くぅ……っ。んんっ…………あ……」

すべての精を出し終え、斎が長く息を吐いた。

えもいわれぬ解放感に満たされて、斎がゆっくりとまぶたを開けた。

斎の目に、満足げな表情をした鳳璋の顔が映る。

「随分と、気持ちよさげな顔でイったな」

愛しくてしょうがないという口調で言うと、鳳璋は斎の精液で濡れた手を夜着の裾で拭い、そのまま脱ぎ捨てた。

鳳璋は下着をつけておらず、逞《たくま》しい肉体が露わになった。鳳璋は斎の手を取り、自らの股間に引き寄せた。鳳璋のそこは熱を帯び、半勃《はんだ》ちになっている。

「わかるか？　おまえの顔や声が、こうさせたのだ」

斎が鳳璋の男性器に触れるのは、これが初めてだった。

大きい。それに、太い。……熱くなってる……。

嬉しさと羞恥、興奮ととまどい。様々な感情が入り混じり、うなじまで薄紅に染めた斎に鳳璋が顔を寄せ、そして囁く。

「これをおまえに挿れるのが、楽しみだ」

「…………っ！」

その瞬間、秘所が疼き出す。いや、挿入を望む鳳璋の気に当てられたのかもしれない。

駄目だ……。鳳璋様を受け入れると思うだけで、体が……中から熱くなってしまう。

鳳璋の灼熱の楔に貫かれる快感が蘇り、斎は無意識に男根を握っていた。

「俺が、欲しいか？」

斎の耳元に息を吹きかけながら、甘く掠れた声で鳳璋が尋ねる。

「どうした？　俺はおまえに無理強いしたくない。俺が欲しいなら、おまえの口からそう

「言ってほしいのだ」

口で不安を訴えつつ、すこぶる楽しげな顔で鳳璋が斎の股間に手を入れた。

平らな部分の下、肉の狭間《はざま》に隠れた部位に、指先が触れる。

「あっ……っ」

軽く撫でられ、優しく円を描かれると、中で肉を感じたいと後孔が訴えはじめる。

「斎、俺は挿れたいが、その前におまえの意志を確かめたい。早く、答えろ」

襞とその周囲に触れながら、鳳璋が重ねて尋ねる。

例の軟膏を使われてもいないのに、斎の粘膜は鳳璋が欲しいと疼いた。

「……欲しい、です。鳳璋様が……欲しい」

潤んだ瞳で訴えると、斎の手の中で鳳璋の分身が大きくなった。

太さを増したそれを、無意識に撫で、斎が甘い声で言葉を紡いだ。

「挿れてください。これを……俺の中に……」

控えめに欲望を口にすると、鳳璋が屈託のない笑顔を浮かべた。

まさに太陽そのものといったまぶしい笑顔に、斎の胸が高鳴る。

鳳璋は斎の体を起こし、夜着を脱がせる。

裸になった斎を改めて寝台にあおむけに寝かせると、鳳璋は軟膏の瓶を手に取った。

斎の股を大きく開くと、軟膏をたっぷり指に掬い、窄まりに指を当てた。その指を、斎の肉は簡単に受け入れてしまう。

「三度目ともなると、だいぶ馴れてきたようだな。簡単に指が入った」

長い指に粘膜を押されて、斎が肩で息をした。軟膏が効果を発揮しはじめたのか、明らかにそこが、熱くなってきている。

薬も効いているけど……それ以上に、鳳璋様の気に、酔ってしまいそうだ。

斎が挿入をねだってから、あきらかに鳳璋の気が濃くなっている。

俺が鳳璋様に口でされて嬉しかったように、鳳璋様も俺に欲しいと言われて、嬉しかった……のかな。

そう思った途端、斎の顔に蕩けるような笑みが浮かんだ。その笑みに誘われたか、鳳璋が顔を寄せ、唇を吸い上げる。

軽い口づけを済ますと、鳳璋は後孔を馴らしながら胸の尖りに顔を寄せ、じっとりと乳首をねぶりはじめた。

「ふぅ……っ。んっ……っ」

「薬を使わずとも、乳首を責められて感じるか。わかるか、斎。おまえのここは、先ほどから俺の指を締めつけているぞ」

斎の中で鳳璋の指が躍り、肉の奥に潜んだ性感帯を擦り上げる。

「やぁっ……っ。鳳璋様、駄目、駄目です、そんなところ……っ」

斎が込み上げる快感に鳳璋の肩を摑み、爪を立てる。

乳首と性感帯と。二カ所を同時に嬲《なぶ》られて、斎の股間に再び血液が集まりはじめた。

息づく陰茎に気づいたか、鳳璋が小さく笑い声をあげた。

吐き出された息が肌に吹きかかり、それもまた、斎の体を昂ぶらせる。

「あぁ……あ、ん……っ……」

「何をされても気持ちがいいか。まったく、いい声で啼《な》くものだ」

唾液で濡れた乳首を左手でこねくり回しながら、鳳璋が愛しげに斎を見やった。

「さて、こちらの準備もできたようだ。……おまえの声を聞いていたら、俺も我慢ができなくなってきた」

鳳璋は斎の太股をひと撫でてすると、右手で斎の左脚を抱えた。腰が浮き上がり、ぽっかり開いた赤い蕾が露わになると、そこへ先端を押しあてた。

「感じるか、俺を」

軟膏で柔らかくなった襞に熱いものが当たっている。熱だけではなく、鳳璋の強い欲望もまた、粘膜を通じて直《じか》に伝わってきた。

斎が目を閉じてうなずくと、熱い塊が襞をこじ開け、中に入ってきた。

「ん……」

軟膏のお陰で痛みはない。しかし、圧迫感はある。かすかに不快に感じたが、それも先端が中に入ってしまえば、内臓で鳳璋を感じる喜びに取って代わった。

こうしている時が、一番強く、鳳璋様を感じる……。

ゆるゆると狭い孔を押し広げる楔の感触に、斎は体の芯からぞくぞくする。

「ん、あ……。んっ」

鳳璋様のが、俺の中に入っている。確かに、感じる。だが、もっと感じたい。もっと強く、鳳璋様を……。

半ばほど竿が入ったところで、亀頭が前立腺を擦った。たちまち広がる快感に、斎が鳳璋の背中に腕を回した。

目を閉じれば、斎が惹かれてやまない温かな気に包まれているのを感じられる。

鳳璋が奥まで楔を収めると、その感覚が強まった。

「好きです。大好き……」

「俺も、おまえを愛している。おまえの中は……熱くて、たまらないな」

鳳璋がゆっくりと腰を引いた。肉と肉が擦れ、生じた熱に斎の腰が跳ね上がる。

「俺も、んっ、熱い……です。鳳璋様が熱くて、すごく、いい……」

緩やかな鳳璋の腰遣いに、斎の身も心も蕩けてゆく。

抜き差しに馴れ、斎の体から力が抜けると、鳳璋の速度が増した。

「あ……ん、あ、……っん……っ」

奥まで突かれ、そして抜かれるたびに、斎があられもなく声をあげた。

感じるたびに鳳璋を締めつけ、そして内壁をわななかせる。

「んっ。んん……っ」

熱と硬さを増した楔が、立て続けに斎の前立腺を擦った。波紋のように広がる快感に、斎がのけぞり、鳳璋の肩胛骨に爪を立てる。

「いいっ。いい……そこ、すごく……っ」

太股を震わせながら斎が訴えると、鳳璋が繰り返しそこを突いてくる。

「うっ、あ、あぁ……っ。いいっ、あ、いっ」

斎の股間で陰茎がそり返った。張り詰めた先端では、透明の滴が溢れている。

熱い。体が熱くて……。頭が、沸騰しそうだ。

「いい眺めだ。おまえが、乱れてよがり、悶える様は……本当にたまらない」

鳳璋が性感帯を中心にして、肉棒で内壁をこねくり回す。

絶え間なく注がれる快感に、斎の両目から涙が溢れ、こめかみを伝い落ちる。首を左右に振りながら、それでも斎の後孔はうねりながら鳳璋を締め上げていた。

「あっ。……まったく、おまえという奴は……」

愛しくてしょうがないという声で言うと、鳳璋が斎の両脚を脇に抱えた。下半身が宙に浮く体位を取ったかと思うと、おもむろに鳳璋が抜き差しを再開する。

速く、そして深奥まで至る律動に、斎の体が前後に揺さぶられた。

「あっ、あっ、あっ。んっ……あ、そこっ、んん……っ」

灼熱の棒は、熱くたぎり、斎を激しく責め苛む。息つく間もなく擦られ、空中で斎の足指がそり返った。

「やぁっ、あっ、あぁ……っ」

あえぎっぱなしの斎に、欲情に濡れた声で鳳璋が語りかける。

「そろそろ、俺もイかせてもらうぞ」

しかし、その言葉はすでに斎の耳に届いてはいなかった。

こんなに、感じて……熱を、気を注がれて……おかしくなってしまいそうだ。

わななきながら、柔肉が硬い楔に犯される。怒張しきった男根は狭い孔を圧迫し、斎と鳳璋の熱が渾然《こんぜん》一体となった。

その瞬間、鳳璋がゆっくりと腰を引き、とどめとばかりに斎を刺し貫いた。

「……あぁっ」

「くっ。……んっ…………はぁっ……」

くぐもった声を漏らしながら、斎の奥深くに、鳳璋が精を放った。

白濁した粘液とともに膨大な気が注がれた。斎の股間から頭頂まで奔流する気が一気に駆け上がる。

さながら二匹の蛇のようにふたりの気が絡み合い、混ざり、昇華する。

……熱い。だけど温かい。温かくて……あぁ……！

自分が別の何かに作り替えられてゆく感覚に身を任せながら、斎も射精していた。

精を放った斎の体で新たに生まれた膨大なエネルギーが、斎の後孔から射精する鳳璋の肉体へ、竿を通して逆流してゆく。

うつむいていた鳳璋が瞬きして、顔を上げた。

「今のは……？」

快楽と涙で焦点の合わない斎の瞳を、鳳璋は不思議そうにのぞき込む。

「その状態では、答えられんか。すまないな」

鳳璋は苦笑すると、ゆっくりと腰を引いた。白濁と透明の粘液にまみれた竿が、窄まりから抜けてゆく。

二度の射精に脱力した斎を改めて寝台に寝かせ、その隣に鳳璋が横たわる。

斎の額に張りつく汗で濡れた髪を撫で上げながら、鳳璋が笑顔を向けた。

「最後の最後に何をしたのだ、俺の術士殿？」

おどけた口ぶりであったが、鳳璋の驚きは本物であった。

「俺にも、わかりません。こんなことは、初めてですから」

目を閉じて、斎は気の交歓の余韻に浸る。

こんな気のやりとりがあったなんて……想像さえ、したことがなかった。俺の気が鳳璋様に流れていったはずなのに、体のすみずみまで、気で満たされている。

斎は目を開けて、自分の指先を見つめた。その手の向こうに、肘《ひじ》をつき手に頭を乗せて、斎を見つめる鳳璋の顔がある。

……今は、わからなくてもいいか。現象の追求より、ずっと大事なものもある。

愛しげに目を細める鳳璋を見ながら、斎が心の中でつぶやいた。

心の赴くまま、斎が鳳璋にすり寄った。鳳璋の香と汗が入り混じった匂いが鼻腔《びこう》をくすぐると、それだけで体の奥から喜びが湧き上がる。

斎が微笑むと、鳳璋が額に口づけ、斎に腕枕をした。鳳璋の腕に斎が首を預ける。鳳璋はすぐに斎の肩に手を回した。

「……あちらでは簡単にしか説明できなかったが、大司馬の犯した罪について、おまえに説明したいのだが……聞くか？」

閨の睦言《むつごと》というには生臭い話だが、斎はふたつ返事でうなずいた。

「ぜひ、聞かせてください。……鳳璋様が、おつらくなければ、ですが」

斎の言葉に鳳璋は柔らかな笑みを浮かべ、そして斎の肩を撫でながら口を開いた。

「……元々、大司馬——曹郭勇《そうかくゆう》——は、下級貴族の出だ。郭勇の姉が父王の嬪《ひん》になったことで、光禄勲の朗官となった。父の覚えもめでたく、本人も有能であったため、順調に昇進を重ねていった」

斎は、一度だけ会った大司馬を思い出す。

確かに、仕事はできそうな人だった。俺に対しての態度も……悪くなかった。

「朗官を二年ほど務めると、その後、地方官となり、だいたい二年で中央に戻される。郭勇は地方勤務もそつなくこなし、中尉に配属された。今から約十五年ほど前のことだ。ちょうどその頃、郭勇の姉が亡くなった。王宮内での後ろ盾を失った郭勇に、ここぞとばかりに嫌がらせをはじめた者を口論の末撲殺し、遺体を異界へ捨てた……。それが、一連の事件のはじまりだ」

ここで、鳳璋は重々しくため息をついた。この時、事件をちゃんと調査していれば、と、後悔している表情であった。

「行方不明者が出たが捜索はおざなりで、なあなあに終わったらしい。これに味を占めた郭勇は、中尉から廷尉に異動が決まった後も、密かに邪魔者を始末したばかりか……高官らに昇進や金品と引き替えに秘密裏に邪魔者を消すと取引をもちかけていたらしい」

「……行方不明者が多く出れば、不審に思う者も出たのではないですか？」

「郭勇は、そ奴らも異界へ連れていったということだ」

「死人に口なし、ですか」

ひっそりとつぶやいた途端、斎の体に寒気が走り、鳳璋にすがりついた。

「そうするうちに、郭勇は衛尉に異動となった。異動するたび、郭勇は仲間を作り、組織は蜘蛛《くも》の巣のように王宮内部に広がったそうだ」

「よく、十五年も隠匿し続けられましたね」

「最初に、仲間にすると目星をつけた者が目障りに思う者を異界へ連れていくそうだ。そうすれば、否応なしに共犯者となる。もし他言すれば、家族を異界へ追いやると脅したとも聞いた。身内を人質に取られて、告発する者はいない。その上、郭勇は仲間に目をかけ、立場をまめに引き上げた。それが叶わない場合は、金品をたっぷり与えていたらしい」

「部下に目を配り、吝嗇《りんしょく》でもない……。確かに、優秀であったのでしょうね」

「あぁ、このような真似をせずとも、真面目《まじめ》に努めていれば、順当に昇進を重ね、高位に就けたはずの男だ」

鳳璋が斎を抱き締めた。抱き締めることで抱き締められる。そんな鳳璋の仕草だ。

鳳璋のやるせなさを感じ、斎の胸も痛んだ。そして斎は、温かな癒しの気を作り、そっと鳳璋に注ぎ込む。

気を受けた鳳璋が再び口を開いた。

「緋燕を異界へやったのは、自分の娘を俺に嫁がせたかったためらしい。自身の息子の立身出世のために。――もちろん、同じ思惑の高官より賄《まいない》も受け取り、大司馬への昇進も確約の上で、だ――。しかし、奴らの思惑は外れた。俺が、三年間も独り寝を貫くとは思わなかったらしい。そしておまえを妾にしたことで、それは決定的になった」

「俺が原因……？」

「そうだ。俺がおまえを妾にすると選んだ理由が、そのまま奴らが焦る原因となったのだ。おまえは、係累が一切ない。春鶯と仙道としか交流もなく、おまけに妙な力を使うとくれば、あ奴らにとって旨《うま》い汁を吸う機会は、俺が死ぬまで失われたに等しい。だから、おまえが俺の不興を買ったのを幸いと、おまえを即座に処刑しようとしたのだ。日が経てば、俺がおまえを再び寵愛すると予想したのだろうな」

　鳳璋が斎の手に指を絡めた。

「……大司馬の予想は、当たっていたのではありませんか？　今、こうして鳳璋様は俺と同衾《どうきん》しているわけですし」

　斎が大きな手を握り返すと、鳳璋が表情を和らげた。

「そうだな。……おまえが捕まった後のことだが、春鶯が俺に直接文句を言いに来たのだ。それで、斎が衛兵に捕縛されたと知った。幸い、春鶯が衛兵の顔を覚えていたので、捕縛した衛兵を捕らえ、話を聞いた。おまえが突然現れた妖獣に掠《さら》われたと言うが、その時は、さすがに信じられなかった。いずれ、どこぞで隠密に処刑したのだとばかり思っていた。同時に、捕縛と処刑が誰の命令かを尋ねると、衛尉の高官の名が出てきた」

「随分、あっさりと自供しましたね」

　斎が素直な感想を述べると、鳳璋が軽く眉を寄せた。

「王、直々の尋問だ。…………多少、力も使ったがな」

「…………なるほど」

　心の中でひっそりと、斎は衛兵や高官に同情した。

　本気で怒った鳳璋を相手にするだけでも恐ろしいのに、その上力を使ったとなれば、どのような尋問が行われたか、想像に難くない。

空中に宙吊りにされただけでも、恐怖に臆《おく》し、秘密を喋る者もいただろうな。……あの異様な感覚は、味わった者しかわからない怖さだ。

「ようやく、衛尉の丞《じょう》が真実を吐き、黒幕が大司馬と判明したところで、玄狐がやってきたのだ。おまえが消えてから……そう、二日後だったかな。俺に緋燕の簪を渡すと、すぐに飛び去ろうとする玄狐を引き留めるのは、かなり難儀したぞ」

「俺が捕まっていたから、玄狐も焦っていたのでしょう」

「強引に玄狐の背に乗り、おまえを迎えに行く道中で事情を聞いた。玄狐の到着がほんのわずかでも遅れていたらおまえの命がなかったと聞いて、冷や汗が出た」

「鳳璋様が助けに来てくれた時も、間一髪でした。あと、もう少し遅れていたら、俺は手嶋さんに完全に……されてましたから」

言葉尻を濁して、挿入寸前であったことを匂わすと、鳳璋が深々とため息をついた。

もしあの時、鳳璋様の到着が遅れて、手嶋さんが射精していたら……きっと俺は、こんなふうに鳳璋様と穏やかに抱き合うことはできなかった。

本当に、信じられないような偶然が重なっていたんだな。

僥倖《ぎょうこう》に次ぐ僥倖ではあるが、玄狐が、そして鳳璋が、斎を助けるために全力を尽くしたからこそ起こった奇跡であることを、斎は心の底からわかっていた。

「ありがとうございます、鳳璋様。突然やってきた玄狐を、信じてくれて。単身、こちらの世界に来てくれて。……でも、王がひとりで異界へ行くと言って、よく周囲に止められませんでしたね」

「当然、止められた。だが、俺が力を使って屋根を吹き飛ばし、玄狐に乗って空を行けば、誰も止めることなどできはしなかった」

いかにも快男児という爽《さわ》やかな笑みを鳳璋が浮かべた。まるで悪戯《いたずら》を成功させた小学生のような鳳璋の言い草に、斎が苦笑してしまう。

そして、鳳璋は真面目な顔に戻ると、斎の目をじっと見つめ、口を開いた。

「明日から、まだまだ調査は続くだろうが……一段落はついた。さて、これから斎はどうするつもりだ？　やはり、毎日鐘のもとへ行き、仙道の道を究めるか？」

「そうですね……。仙術の勉強は続けたいと思います。でも、今はそれ以外にやりたいことができました」

「おまえが仙術以外のことに興味を持つとは。なんでもやりたいことをすればいい。俺も全面的に協力しよう」

年下の愛妾《あいしょう》を甘やかす権力者の発言に、斎が瞳を煌《きら》めかせた。

「では、俺を役人にして、この国のために働かせてください」

「……なんだと？」

予想外の発言だったのか、鳳璋がそう言ったきり黙り込む。

斎は改めて鳳璋の手を握ると、ひたと視線を鳳璋に向け、熱っぽく語りはじめる。

「俺は、この国の人を知らないとはいえ、殺す手伝いをしてきました。鳳璋様は俺に――いえ、俺たちに――責任はないとおっしゃいました。しかし、それでは、俺の気持ちが治まらない。だから……そう、俺が俺を許せるようになるためには、異界で殺された人、その家族や友人……悲しんだ人すべてと同じ数の人を助けるとか……そういう、つぐないをしたい。いえ、しないといけないと思うんです」

それで自分で自分が許せるとは、斎は思っていない。

しかし、そうしてあがくことで、いつか自分を許せるきっかけが見つかるかもしれない。そんなふうに考えていた。

「……斎は、俺の傍にいることで、十分役に立っている」

煮え切らない口調で鳳璋が返す。どうやら鳳璋は、斎を役人にしたくないようだ。

「でも、鳳璋様。俺はこのままここで漫然と時を過ごすことが――鳳璋様の庇護《ひご》下で、愛妾として贅沢な暮らしをし、昼は好きなことに打ち込み、夜は鳳璋様と過ごすだけの生活は——違う、と思うんです。それは、誰もが望む人生かもしれませんが……俺は、たぶん駄目になります。性根が腐ると思います。やるべきことから目を逸《そ》らして生きていくことは、俺にはどうしてもできないんです」

　必死の形相で斎が訴えると、鳳璋がやれやれというふうにため息をついた。

「絶対に引かぬつもりのようだな。この、頑固者めが」

「すみません」

「こういう時だけ、しおらしげに謝るな。……だが、さほど高い地位は与えられんぞ。貴族や地方豪族の息子が最初に就く、光禄勲の朗官からはじめてもらう」

「それで、構いません」

　きっぱりと返す斎に、再び鳳璋がため息をつく。

「わかった。では、朗官に加官して、俺の直属にする。これならば、おまえは上司もおらず、かなり自由に動けるはずだ。だが、それ以上の出世は望めないからな」

「出世に興味はありません。それに、俺にとって鳳璋様の唯一の妾という以上の地位や立場は、この世にありませんから」

　愛する人は、王なのだ。キスやセックスをするのが自分だけ、という今の状況は、鳳璋が鳳璋でなければ、不可能に近い。

「我儘《わがまま》を許してくださって、心より感謝します。鳳璋様、俺の——俺だけの、王。俺の忠誠を、あなたに捧げます」

斎は摑んだままの鳳璋の手を胸元まで引き上げた。そして、鳳璋の手の甲に、誓いの口づけをしたのだった。

すっかり秋色に染まった風の中を、大きな黒い狐《きつね》が空を飛んでいた。その背中には、浅黄色のシンプルな袍服を身に纏った斎が乗っている。

王都紅栄の周辺では、この一月《ひとつき》ほどで珍しくもなくなった光景だ。往来をゆく人々が、空を駆ける霊狐と斎をのんびりと仰ぎ見る。

女やこどもの中には、斎に手を振る者さえあった。穏やかな光景に微笑を浮かべながら、斎は、鳳璋の待つ王宮へまなざしを向けた。

鳳璋直属の朗官となった斎は、日本の手嶋一族との交渉役と、夏華の世界に迷い込んだ異界人の保護、そして国土全域の霊査による監視の任を得た。

斎の任官に際して、王宮の重臣らはいい顔をしなかった。しかし、朗官という権力もほとんどない微官であることと、斎の霊査の力を遊ばせておくのはもったいないという打算から、結局は王の決定に同意した。

朗官となった斎は、王宮にて国土を霊査をし、何もない時は、鐘のもとで仙術について学ぶ。霊査でおいはぎや強盗、盗みなど、犯罪行為を見つけると、中尉へ伝達し、自身もすぐさま玄狐に乗って王宮を出て、犯人捕縛の手伝いをする。

犯人を拘束するのは、主に玄狐の役目だ。

斎の霊査により未然に防がれた犯罪はあっという間に十指を数え、世にも不思議な力を使う霊獣を従えた朗官の存在は、瞬く間に王都に広まった。

「王様の新しい男妾は、異界から来た仙道で、黒い狐に乗って不思議な力を使い、悪い奴らを問答無用で捕まえてしまうんだそうな」

「隠した盗品も、犯罪の証拠も、千里眼で見つけてしまうんだと」

そんな噂《うわさ》が広まるにつれ、王都の犯罪件数が激減した。

王都だけではなく、どんな辺境の鄙《ひな》びた場所であろうとも、要請があれば快く応じ、事件解決のための手助けをした。

連日外出が続く斎を鳳璋は呆れ顔で見ていたが、ここ数日は「好きにすればいい」と放任している。

『すっかり帰りが遅くなっちゃったね。今日は、大切な日なんでしょう？』

もう少しで景仁宮に到着するという時、心配そうに玄狐が話しかけてくる。

玄狐は斎の我儘に文句も言わずに従っている。いや、むしろ、思う存分暴れられる現状を、楽しんでいるくらいだ。

心優しい神使の背中をひと撫でし、斎が深くうなずいた。

「あぁ、そうだ。……今日は、鳳璋様が内々でお祝いの宴をしてくださるんだよ。手嶋一族への賠償が決まり、朱豊国と正式に契約が結ばれた記念にね。玄狐にも、何度もあちらとこちらを往復させてしまったし、何かご馳走が出せればいいんだけど……」

『斎が幸せに過ごしているから、僕は毎日ご馳走を食べてるよ』

玄狐の健気《けなげ》な言葉に、斎の胸が温かいもので満たされる。

景仁宮へ戻った斎は、春鶯の温かい笑顔に出迎えられた。

「早く湯浴みを済ませてくださいな。先ほどから幾度も斎様のお戻りはまだかと、と王が使いの者を寄越しているんですよ」

「すみません。すぐに支度します」

どこか面はゆい気分になりながら、斎が浴室に向かい、急いで汗と埃を流す。

体を拭くのもそこそこに、春鶯が用意した濃い青の絹糸に銀糸で模様を織り上げた袍服に着替え、凰《おおとり》の文様の佩玉《はいぎょく》を帯に吊るした。

斎の支度が整ったタイミングで、燭台《しょくだい》を手に女官が迎えにやってきた。斎は子狐の姿に化けた玄狐とともに、景仁宮を出る。

向かうのは、小鳳と小璋の住む永和宮《えいわ》だ。今晩、斎は永和宮で鳳璋親子とともに、初めて夕食をともにすることになっていた。

王子様方――特に璋鵠様――が、俺を認めてくださったのは、玄狐のお陰だな。

内心でつぶやくと、斎は済まし顔で、てとてと歩く玄狐に視線を向けた。

再びこの地に斎が訪れてから、鳳璋は毎晩、景仁宮で寝泊りしていた。

ふたりだけの時間を過ごす時、玄狐は必ず永和宮に赴き、母を亡くした王子ふたりの遊び相手兼話し相手を務めていたのだ。

斎が永和宮を訪れるのは初めてだ。やや緊張した面持ちで永和宮を訪れた斎を、鳳璋が笑顔で迎えた。

「本日は、お招きくださいましてありがとうございました。王子様方も、お元気でいらっしゃいましたか?」

鳳璋の笑顔に勇気づけられ、斎が笑顔で王子たちに向き直る。

「お久しぶりです、斎殿。お元気にしておられましたか?」

「…………」

小鳳は礼儀正しく挨拶をし、小璋はバツの悪そうな顔で鳳璋の後ろに隠れている。

「どうした、小璋。斎に挨拶をしないか」

「…………ようこそ、おいでくださいました」

渋々とだが挨拶した小璋の頭を、鳳璋が愛しげにひと撫でする。その隙に、玄狐が小璋

の胸元に飛び込んで、白い頬に顔をすり寄せた。

『小璋、どうしたの？　お腹でも痛いの？』

「なんでも……ない。元気だよ」

小声で答える小璋は、屈託のない玄狐の媚態《びたい》に表情を和らげた。斎は足を一歩踏み出し、少し屈《かが》んで小璋と目線を合わせる。

「璋鵠様、いつも玄狐と仲良くしてくださってありがとうございます。玄狐はいつも私に璋鵠様や鳳聖様のことばかり話すんですよ」

斎は、愛情の性が鳳璋によく似た小璋と、すぐに打ち解けられると思っていない。それは、表面上はにこやかに接する小鳳にしても同じように思っていた。

それでも、斎は鳳璋の——緋燕の——子であるふたりが、少しでも幸せになれることを、心から願っている。

彼らもまた、斎がつぐないをしたい対象なのだから。

申し訳なさで表情が曇る斎の肩に鳳璋が手を置いた。太陽のように明るく温かい気を纏う鳳璋の凜々《りり》しい顔を仰ぎ見て、斎はふいに泣きたい気分に襲われた。

実際に泣きたいわけではない。あまりにも幸せで、心が震えたのだ。

目頭が熱くなり、斎がそっと目を指で拭った。

「斎、どうした？」

「すみません、あまりにも幸せで……。涙が出たんです。変ですよね」

「そんなことはない。人には、そういう時もある」

斎が最も幸せになってほしい人が、慈愛に満ちた顔で答える。

「不思議です。あなたに会うまで俺は、人生でこんなふうに幸せを感じることがあるなんて、想像さえできませんでした」

「初めて会った時のおまえは、自暴自棄になっていたからな。……どうだ、今でもいつ死んでもいいと思っているか？」

からかい混じりの鳳璋の言葉に、斎は笑顔を浮かべ、頭を左右に振った。

「いいえ。今は、鳳璋様と過ごす時間が少しでも長ければいい。ただそれだけを願っています」

「本当に、おまえはかわいいことを言う」

嬉しげに鳳璋が言い、斎の体を引き寄せる。

斎は隣に立つ鳳璋の気を感じながら、いつまでもこの気に包まれていたいと、心から願ったのであった。

あとがき

はじめまして、こんにちは。鹿能リコです。このたびは『鳳凰の愛妾』を、お手にとってくださいまして、本当にありがとうございました。

この話は、私が超絶スランプ時に「ネタがわきません！」と編集様に泣きつき「中華異世界もの」というお題をいただいて書きましたが、いかがでしたでしょうか？

元々、古代中国は大好きで（古代中国文明を作った人たちは今の中国大陸に住む人々とは人種が違い、ウイグルやトルコに末裔が住んでいるという説もある）、個人的に集めていた本が資料として大活躍。とても楽しく世界観を作れたと思います。

主役がオカルトの人になったのは、当初普通に中華異世界で仙界系プロットを考えていたら「現代日本人が異世界に飛ばされるものを」と、やり直しになりまして、「どうしたら異世界に飛ばされるリアリティがあるか!?」と試行錯誤するうちに、こうなりました。

さて！　話は変わって玄狐ですけど、黒狐の神使は、本当にいます。

ただし、一種の格に関しては、通常の白狐より黒狐は上説と下説がありまして、どちらが正しいかわかりません。式神や式という名称の使い分けやカテゴリも、人によって違ったりしますし、この手の世界は奥深く、普通の人の私には「?」なことばかりです。

黒狐にしたのは、動画で見たリアル黒狐がものすごくかわいかったから。主役の設定を考える際に、「ここで! 黒狐でしょう!!」と、鼻息も荒く決めました。

私の黒狐萌えを共有してくださいました編集のF様、ありがとうございました。今回はよい子の入稿を果たせてほっとしています。

私の萌えを現実にしてくださいました(想像以上!)逆月先生にも、心からの感謝を。

ラフチェックの際、編集さんと私は「玄狐かわいい」「もふもふ最高」しか、言ってませんでした。かわいい玄狐の絵があるので、この本は最高にいい本だと思います!

最後に、ここまで読んでくださいました全ての人に、心からの感謝を捧げます。

少しでも楽しんでいただければ幸いです。

鹿能リコ

沢山の登場人物、いろいろなキャラをとても楽しく描かせて頂きました!!
この先がもっと読みたい、これから始まる鳳璋と斎、2人の幸せな暮らし
営みを見守りたい、そんな気持ちになりました…
素敵な作品の表紙挿絵担当させて頂き感謝です!
鹿能先生、担当様、ありがとうございました!!!

大きさの比較！
健康の時
モコモコ
コロコロ♡
玄狐
模様の変化！
毛はモコモコ。
毛が少い腹周りガリガリ

本作品は書き下ろしです。

この本を読んでのご意見・ご感想・
ファンレターをお待ちしております。
〒101−0051
東京都千代田区神田神保町2−4−7
久月神田ビル7F
(株)イースト・プレス　アズ文庫 編集部

鳳凰《ほうおう》の愛妾《あいしょう》

2015年1月10日　第1刷発行

著　者：鹿能《かのう》リコ

装　丁：株式会社フラット
DTP：臼田彩穂
編　集：福山八千代・面来朋子
営　業：雨宮吉雄・藤川めぐみ

発行人：福山八千代
発行所：株式会社イースト・プレス
〒101-0051
東京都千代田区神田神保町 2-4-7
久月神田ビル8F
TEL03-5213-4700　FAX03-5213-4701

http://www.eastpress.co.jp/

印刷製本　中央精版印刷株式会社

ISBN978-4-7816-1264-5　C0193